अहिल्या-आश्रम

राम मंदिर-बाबरी मस्जिद संघर्ष में धर्म की विवेचना

कुणाल दास

INDIA • SINGAPORE • MALAYSIA

ISBN 979-8-89067-841-6

"अज्ञान क्या हैं?"

"अज्ञान एक मन का खालीपन है। एक रिक्त जगह है जो हमें कहती है कि इसे भरना चाहिए। अज्ञान रिक्तता है, गुरुत्वाकर्षण हीनता का अहसास है। उसमें सबसे बुरा तब है जब आदमी इस अहसास से दोस्ती कर ले, समझौता कर ले। जब तक आदमी इस रिक्तता को भरने की जद्दोजहद में व्यस्त है, वो मानसिक रुप से जीवित है।"

"धर्म क्या है। एक सिद्धांत है जो बताती है क्या करना है और कैसे करना है। जीवन का सत्य समझो। हर दिन आप जितना जी रहे हो, उतना ही मृत्यु की निकटता से डरोगे तो कैसे जिओगे। धर्म जीने की कला है जो आपको मृत्यु के भय से मुक्त करती है। धर्म कहता है कि इस राह चलो तो मृत्यु पर भी मैं साथ रहूँगा। यह बिलकुल वैसा ही है जब माँ बच्चे को समझा -बुझा कर विद्यालय भेजती है कि वापिस आने पर मैं यहीं खड़ी मिलूँगी। पर इसका यह मतलब नहीं कि धर्म भ्रम है। यह सच्चाई है, राह है, पर मंजिल एक भ्रम हो सकता है।"

"तो गुरुजी, बस यह बता दीजिए कि सत्य क्या है?"

"सत्य एक भ्रम है, यह तभी तक सत्य है जब तक बहुमत है, धारणा है। राक्षस, भूत खा जांएगे, देवता बचा लेंगे, बच्चे के लिए सत्य है पर हमारे लिए नहीं। सूरज धरती का चक्कर लगा रहा है, यह सदियों तक सत्य रहा, पर अब बच्चे भी इस पर हँस देंगे। अब यह असत्य हो गया। हमारे लिए राम सत्य हैं तो किसी के लिए इशू। अब दोनो ही असत्य हैं अगर मुसलमान से पूछो तो। इसीलिए सत्य हमें बतायी गई धारणा है जिस पर हमारा विश्वास है। "हर चीज जो आज सत्य है, कल झूठ हो सकती है। जैसे हम

दोनों का बात करना, यह सत्य है। क्या पता यह सब तुम्हारे सपने में चल रहा हो और पाँच मिनटों के बाद तुम नींद से जाग जाओ और तब, यह सब सपना या असत्य हो जाएगा।"

"तो बाबा, अगर किसी विषम परिस्थिति में, आपको इनमें से एक को चुनना हो तो आप क्या चुनोगे?"

"धर्म। जीवन- मृत्यु, हानि -लाभ सब क्षणिक हैं। धर्म ही आपके साथ, आत्मा का अंलकार बन कर रहता है। धर्म के राह पर हानि, मृत्यु सब सस्ते हैं और अधर्म के कलंक से रची जिंदगी और कंचन से अच्छे हैं।

मेरठ से लगभग बारह मील दूर, मुनसफा गाँव एक छोटे क्षेत्रफल में बसा सघन गाँव था। किसी भी दिशा में चलना शुरु करें, घंटे -दो घंटे में गाँव के बाहर आ जाते। इतना छोटा कि कहीं कोरमा बने तो पूरे गाँव में खुशबू आ जाए और जब भी बूढ़ी फातिमा चिल्लाए, पूरा गाँव सुन पाए।

"उम्मेद!!" फातिमा के मुँह से यही शब्द पूरी जोर से निकल पाता था। वैसे तो वो कम आवाज में बड़-बड़ करती रहती थी पर जोर लगा कर जब भी मुँह खोलती, इसी शब्द के लिए खोलती थी। फातिमा का घर, मस्जिद के पीछे वाली गली में अंदर जाकर था। हालाकि अब घर जावेद का हो गया था पर वो जब भी निकलती, मस्जिद के सामने पहुँचने में तीस मिनट लग जाते थे। एक तो उम्र के साथ उसकी कूल्हे की हड्डियों ने आपस में लड़ना शुरु कर दिया था। हर कदम पर मानो संघर्ष हो, वो दाएँ होती तो कड़-कड़, फिर बायाँ पैर आगे करती, फिर से कड़-कड़......। ऊपर से वो पतली गली, बच्चों, मुर्गियों, खाट, बाल्टी, बिल्ली और ईंटों से पटी जगह थी। उनके ऊपर पाँव नहीं रखते हुए चलना सरल नहीं था। पर जल्दी किसको थी। जितनी उलझने रहेंगी, जीवन के ढलते शाम का अंदाजा उतना कम होगा और दुख भी कम रहेगा।

फातिमा दो कदम आगे बढ़ी, थोड़ा रुकी, दो खाँसी की और बुदबुदायी हुई कुछ बोली, फिर साँस ली और चिल्लाई "उम्मेद ss"।

आवाज पूरे गाँव तक पहुँची पर किसी ने उस पर गौर नहीं किया। यह रोज का काम था। वो थोड़ी दूर इसी तरह चलेगी, चिल्लाएगी, मस्जिद तक आएगी और फिर डग-डग करती वापिस घर पहुँच जाएगी। घर में सीढ़ी के नीचे उसकी खाट लगी रहती थी। वहीं तम्बाकू, बीड़ी, पानी का मटका और कंबल, उसका इंतजार करता रहता था। रोटी और फीकी दाल उसे बहू दे जाती थी और

पोता दानिश रोज रात में आकर आदाब बजा जाता था। अम्मा बूढ़ी हो गई थी और बूढ़ो को चाहिए ही क्या? जावेद भी दिन में एक दो बार तो नजर आ ही जाता था।

मुनसफा गाँव फातिमा के दादा ने ही बसाया था। सीधे-साधे, नमाजी आदमी, आसिफ अली जी! उनकी कहानी मेरठ के साइकिल की दुकान से शुरु हुई थी। वहाँ वो कुशल कारीगर थे। दुकान लाला मनोहर लाल की थी, और उस जमाने में अच्छी चलती थी। तब स्कूटर कम थे और कारें गिनती की। जब कोई निहायत ही रईश कार से जाता तो हर कोई उठकर कार देखने लगता था। उस जमाने में लगभग सबके पास साइकिल थी। घर की एक साइकिल। इसीलिए लाला जी की दुकान पर लोगों का आना जाना लगा रहता था। आसिफ अली भी जी लगा कर काम करते और आनंद से जी रहे थे। लाला जी ने दुकान के पीछे ही कमरे बनवा रखे थे, वहीं डेरा डंडा डल गया था। पर एक दिन आसिफ अली का वास्ता एक मौलवी से पड़ गया। आधे घंटे आसिफ अली के हाथों ने साइकिल की दुरुस्ती की, आधे घंटों में मौलवी जी ने उन्हें बता दिया कि उनके जीवन में सुख शांति नहीं है। वो सब, जिसके बिना पर आसिफ अली जी संतुष्ट जीवन का अनुभव कर रहे थे, सब छलावा था, धोखा था।

"अच्छा खाना खा लिया तो क्या हासिल किया, कुछ नहीं। जीभ का भरम कुछ मिनटों में चला जाएगा, खाने को भी अगले दिन बाहर निकल जाना है। आसिफ मियाँ, समझदार आदमी कमाता ज्यादा है, जोड़ता ज्यादा है। तुम बस बेमतलब जिए जा रहे हो। क्या काम आएगा, तुम्हारा खाना? या ये कपड़े? अरे जोड़ना सीखो। अल्लाह के लिए कुछ करो। जब ऊपर जाओगे तो सामना होगा, क्या कहोगे?"

आसिफ अली जी नमाजी थे, पर धर्म वहीं तक सिमटा हुआ था। जब मौलवी ने नवाज के मतलब को कुरेदा तो ज्ञान भी आ गया।

"क्या करना मुनासिब होगा?"

"मुसलमान बनो! हर तरह से। अपने भाईयों की मदद करो। कभी गए हो मुरादनगर, दिल्ली की तरफ। देखो, कैसे हमारे मुसलमान भाई, जानवरों की तरह रह रहें हैं। ना खाना है ना घर। उनकी मदद करो। उनको अपने आस-पास रखो, बसाओ, काबिल बनाओ। फिर मस्जिद बनाओ। जो तुमने मस्जिद बना दी, समझो तुमने अपनी वफादारी बयां कर दी। अमर हो गए.............।"

साइकिल ठीक हो गई तो मौलवी जी भी चले गए पर पीछे आसिफ अली के दिलो दिमाग में हलचल छोड़ गए। वो रात में सोते तो आसमान से उतरते फरिश्ते दिखने लगे, जब चलते तो लगता कि पीछे अल्लाह के नुमाइन्दे चल रहे हों, हर कदम पर नजर रखे। चार पाँच दिनों में ही उनको आगे का रास्ता मिल गया। उन्होंने पैसे जोड़ने शुरु कर दिए। जो पहले शाम होते ही काम की छुट्टी समझ लेते थे, अब शाम में घर जाकर भी साइकिल ठीक करने लगे। लाला जी से खुशामद की तो कुछ रुपए भी बढ़ गए। चार-पाँच महीनों के बाद उन्होंने दुकान से दूर एक खाली जमीन का सौदा कर लिया। उसी रास्ते तांगा जाता था, जुम्मन मियाँ का! सो काम पर आने जाने की चिंता भी नहीं रही। जहाँ जमीन ली, वहाँ ना सड़क, ना बिजली, ना पानी और ना ही आदम-जात। सबसे नजदीक का घर भी सौ मीटर दूर था। तीन महीनों में वहाँ झोपड़ी बन गई और छह महीनों में आसिफ अली ने साइकिल भी ले ली।

दूसरा बड़ा मोड़ आया लगभग एक साल के बाद। आसिफ अली को पहली औलाद हो गई। फिर उन्होंने एक दिन लाला की नौकरी छोड़ दी और अपनी दुकान खोल ली। मेहनतकश तो वो थे ही। तीन चार और लड़के भी साथ आ गए। और घर के बगल में दो और झोपड़ियाँ बन गई। फिर बगल की बेकार जमीन भी हाथ आ गई और मस्जिद की नींव डल गई। उसके बाद तो आसिफ अली का जीवन सतरंगी खुशियों में चलता गया। खुद ही मुहल्ला बन गया और काम भी बढ़ गया। जीवन के आखिरी सालों में तो, वो दुकान पर जाते ही नहीं थे, उनके दोनो बेटे ही सब चला लेते थे।

उनके बाद एक और पीढ़ी खत्म हो गई, फिर फातिमा का वक्त आया। उसका निकाह गाजियाबाद में हुआ पर निकाह के एक साल के बाद ही शौहर मर गए। उसके पास छोड़ गए तो एक बच्चा। पर उसके बाद ससुराल वालों ने उसका निकाह देवर से करवा दिया। उससे पूछा जाता तो वो यकीनन मना ही करती पर सबने उसका भला सोचा। "जवान लौंड़िया खाली घूमेगी क्या?"

पर जब ऊपर वाला मजाक कर रहा होता है तो इंसान के हाथ में कुछ नहीं होता। दूसरा शौहर भी एक बच्चा पैदा करके मर गया।

"हर कोई मर रहा है, बस यही मनहूस बची है।" जब सास ने बरसों का गुस्सा उगला तो फातिमा सन्न रह गई। गुस्से के बहाव ने उसे दोनो बच्चों के साथ वापिस उसके दादा के गाँव में पहुँचा दिया।

फातिमा अपने अब्बू की इकलौती औलाद थी। अब्बू ने लोगों की चिंता छोड़कर अपनी बेटी को वापिस घर में रख लिया। कुछ हफ्तों तो गुफ्तगू गलियों में चली, फिर खबर पुरानी हो गई और दब गई। तब से फातिमा इसी मुहल्ले की थी और मुहल्ला उसका।

फातिमा के अब्बू जब तक रहे, फातिमा घर में रही। जब अब्बू गुजर गए तो मानो फातिमा का प्रमोशन हो गया। अब वो पीढ़ी में आ गई, जहाँ लोगों को उनके बोलने, पहनावे और आदतों के लिए आंका नहीं जाता, बस झेला जाता है या अनुसरण किया जाता है। दोनो लड़के अठारह और सत्रह के हो गए थे। बड़ा जावेद, उसने दुकान का काम देखना शुरु कर दिया था और छोटा, उम्मेद दुनिया देखना चाहता था। उम्मेद की उम्र जब सत्रह थी तब भी उसका बचपना बारह साल -सरीका ही था। वो दिन भर इधर-उधर भटकता, कभी किसी की छत पर दिखता तो कभी किसी के छज्जे पर। अगर किसी की पतंग कहीं फंस जाए तो भाग कर वो पेड़ पर भी चढ़ जाता था। अक्सर लोग फातिमा को कहते थे, "मौसी, लौंडे के पैर में चक्कर है। टिक कर बैठ नहीं सकता।" पर फातिमा सोचती थी कि जब काम-धंधे का बोझ आएगा तो पैर खुद ही टिक जाएँगे। पर जब जावेद बाईस का हो गया, और उम्मेद इक्कीस का तब भी हरकतें नहीं बदली। एक चूड़ी-खिलौनों की दुकान भी खोल कर दी गई, पर उसके पैर ही नहीं टिकते थे। वो दुकान खोलकर भी बगल वाले ठेले पर चाय पीता रहता, तो कभी गली के छोर तक चक्कर काटने निकल आता। एक बार तो दुकान से कुछ बच्चों के खिलौने गायब भी हो गए। बहुत समझाने पर वो दरवाजा बंद करके निकलने लगा। दुकान खुलती कम थी, बंद ज्यादा दिखती थी। फातिमा ने अपने भरसक प्यार का जोर लगाकर देख लिया और जावेद ने भविष्य का डर बताकर, पर उम्मेद के पाँव नहीं टिके। कई बार जावेद ने फातिमा से जिरह भी की, "इसे डांट कर कहो।" "इसे खर्चे देना बंद कर दो........" मगर माँ का प्यार था, उम्मेद का काम चलता रहा।

फिर कुछ ऐसा हुआ कि उम्मेद दुकान पर बैठने लगा। वो घर भी कम आता था। जहाँ आश्चर्य ज्यादा था, पर फातिमा खुश थी, "कहती ना थी, एक दिन ऊपर वाला सबको सही कर देता है।" वो

जावेद को अपना सुख बयां करती और मुस्कुराती फिरती थी। बुढ़ी अम्मी के दोनो बच्चे काम पर लग जाएं, उसे और क्या चाहिए था?

जून 1974 कह गर्मी जहाँ मेरठ को हरे से भूरा कर रही थी, फातिमा की चाल भी डग-डग की आवाज देने लगी थी। वो सिर पर कपड़ा रखे, कमर से थोड़ी झुकी, गली के चक्कर काट रही थी। उम्मेद को दुकान पर ढंग से बैठते चार महीने हो गए थे तो अब फातिमा ने अगले लक्ष्य पर नजर गड़ा दी थी। जावेद का निकाह। वो मुहल्ला अब पचास-साठ घरों का जमावड़ा हो गया था और आस-पास भी वैसी ही बस्तियाँ आ गई थी। ऐसे में वो रोज किसी ना किसी को पकड़ कर अपनी उम्मीदों की कहानी सुनाती थी। रिश्ते तो ऐसे ही आते हैं। एक-दो रिश्ते आए, पर उसने मन में सोचा हुआ था कि पहले पाँच तो मना करने ही हैं, वरना धाक चली जाएगी। पर चौथा रिश्ता मना करने लायक नहीं था। लड़की के अब्बा पैसे वाले और ओहदे वाले थे। रिश्ता बरेली से था, लड़की बीए पास, अब्बा कोर्ट में काम करने वाले। खुद ही बता दिया था कि बात बन गई तो गाड़ी भी देंगे। तस्वीर में लड़की ऐसी, मानो दूध से नहाती हो। फातिमा के मन ने तो कह ही दिया था, पर मुँह ने समय मांग लिया, "दो चार दिनों की मोहलत दे दीजिए, लड़के का मिजाज देखकर बताते हैं।"

अब जब एक जगह से इतना अच्छा रिश्ता इंतजार कर रहा था, तो दूसरे रिश्ते देखने में अकड़ भी थी और मजा भी। बस उसी अकड़ और मजे के लिए वो गर्मी में भी गलियों के चक्कर काट रही थी।

शाम के चार बजे भी धूप ऐसी थी, मानो दोपहर हो। दो बच्चे चिल्लाते हुए अपने हाथ में डंडा और साइकिल का पुराना टायर पकड़े, भागते आ रहे थे, "मार दिया, मर गया।"

गलियों में यह सब शोर, अमन-चैन की निशानी होता था। फातिमा ने झुक कर एक को पकड़ने की कोशिश भी की, "रुक जा शैतान, लू-लक्कड़ लग जाएगा। मत दौड़।"

"दादी, मार दिया है। हम लाश देख कर आ रहे हैं।" बच्चे चिल्लाते हुए आगे भाग गए। खबर पहुँचाने का मजा उन्हें लू से बचा रहा था। फातिमा से बात करने को नजमा दरवाजे पर टेक लगाकर खड़ी थी।

"कौन मर गया दीदी?"

"बड़े मनहूस बच्चे हैं। पिल्ला भी मर जाए तो शोर कर देते हैं। तू ध्यान मत दे।" फातिमा अपने लायक बेटे जावेद के लिए आने वाले रिश्तों में ज्यादा उत्सुकता रखती थी।

दो चार और बच्चे शोर करते बगल से निकले तो नजमा ने फिर टोका,

"दीदी, कुछ गड़बड़ है।"

इस बार उल्टी दिशा से बड़े भी तेज कदम बाहर को निकले तो फातिमा को अहसास हुआ कि कुछ गलत हुआ था। जावेद भी दौड़ता हुआ भागा। "जावेद............." फातिमा न आवाज दी।

"अम्मी घर पर ही रहना!" जावेद दौड़ता हुआ आगे चला गया। नजमा ने फातिमा को अंदर बिठा दिया। अफरा-तफरी, हलचल फिर पुलिस सायरन की आवाज, हर पल फातिमा का दिल दुखने लगा था। वो बार-बार दोनो हाथों से चेहरा ढक कर कहती, "या अल्लाह, मदद करना।"

खैर जब भाग दौड़ खत्म हुई तो खबर आई। फातिमा के लिए वह दिन मनहूस था। पहले जावेद आया और उसे घर ले गया, फिर घर पर लोग आए, महिलाएं आईं और फिर कफन में लिपटी

उम्मेद की लाश। पोस्टमार्टम के बाद लाश घरवालों को दे दी गई थी। उम्मेद की लाश मेरठ-दिल्ली रास्ते पर झाड़ियों में मिली थी। धारदार हथियारों से कटी-छटी। पुलिस ने जेब से कागज निकाला तो दुकान की रसीद मिली। फोन किया तो पता चला कि दुकान उम्मेद की थी। बस, पहले लाश गाँव के मुहाने तक आई, फिर गाँव वालों के साथ पोस्टमार्टम को चली गई। मुनसफा में इतना सन्नाटा पहले कभी नहीं हुआ। लोग साँस भी रुक-रुक कर ले रहे थे। जावेद तो रोकर थक चुका था और फातिमा सदमे में थी। जब जावेद ने बताया कि उम्मेद का कत्ल हो गया, तब फातिमा ने उसे सिर्फ देखा, एकजुट, कुछ बोली नहीं। फिर उम्मेद की सफेद पड़ी शक्ल दिखलाई तो उसने आँखें फेर ली। उठकर गई और खाट पर लेट गई। तब से फातिमा सिर्फ यही बोलती थी-"उम्मेद......... उम्मेद........."। हर दिन, उसे पुकारती, गलियाँ छानती और शाम में घर आकर खाट पर सो जाती थी। फातिमा के अंदर जो अम्मी थी, उसके दो हिस्से हो गए थे। एक, जिसने उम्मेद की मौत को ना सुना, ना समझा और ना ही माना, वो हिस्सा रोज उम्मेद को ढूंढता था। दूसरा हिस्सा, जिसने खबर सुनी और शक्ल देखी, वो तो उसी दिन मर गया था।

उम्मेद की मौत के सदमे को खबर बनने में छः सात महीने ही लगे। जावेद ने शुरु में भागा-दौड़ी की, पुलिस के चक्कर काटे कि भाई के कातिलों का पता चले, पर दो-तीन महीनों में वह थक गया। गाँव में भी थकान ने वापिस खुशियाँ बिखेर दी। भूल जाना - इंसानों के लिए वरदान होता है। नई चीजों की जगह बनती है और जिंदगी फिर चल पाती है। पर चौथे महीने में उम्मेद के कत्ल में पहली गिरफ्तारी हुई मेरठ से सूरज नाम के लड़के की। इस नाम को जावेद या कोई और भी, पूरे मुनसफा में, नहीं जानता था। दो दिनों के बाद उसके पिता जगन लाल भी अंदर लिए गए। पहले तो लगा कि लड़के-लड़के की बात होगी, दुश्मनी होगी। पर जब बात पिता जगनलाल तक पहुँची तो परतें खुली।

उम्मेद ने चूड़ी, बिंदी के अलावा अपना दिल भी जगनलाल की बेटी कुमुद को दे दिया था। वो रोज उससे बातें करता था और आए दिन कुमुद भी उससे मिलने, किसी ना किसी बहाने से दुकान पर आ जाती थी। एक अदने से दुकान में भी इतना कुछ था जो वजह बन जाता था। चूड़ी, बिंदी, मस्कारा, नाखून पर लगाने को रंग, लिपस्टिक, मेंहदी, बच्चों के खिलौने.........पता नहीं क्या क्या। खैर उस दिन, जब कुमुद ने उम्मेद को बताया कि पापा को शक हो गया है और उसे थप्पड़ पड़ा है, उम्मेद उससे मिलने चला गया। पर वो पहुँच ही नहीं पाया। रास्ते से ही सूरज और उसके दो दोस्तों ने उसे उठा लिया और उसकी लाश झाड़ियों में मिली। यह संक्षिप्त विवरण, मुनसफा गाँव के चारों तरफ लक्ष्मण रेखा सी खींच गया। मेरठ अब उनसे अलग हो गया था। गाँव के अंदर भी रेखाएँ खिंची। कुछ लोग उम्मेद को दोष देने वाले थे तो कुछ उम्मेद से संवेदना रखने वाले। "क्या खुरक पड़ी थी कि जाकर हिंदू लड़की से आशिकी करे? खुद तो गया ही, हमारी बिरादरी और मुश्किल में डाल गया।

अरे हमारा सालों से व्यापार का नाता है मेरठ के हिंदुओं से, अब? अब क्या करेंगे। बात बढ़ेगी तो हर तरफ असर पर आएगी।"

पर कुछ साथ भी थे। "अरे कैसा धर्म? बच्चे आपस में मिल लें तो क्या काट दोगे। ऐसे अकबर की बेगम भी तो हिंदू ही थी। ये लोग, गरीबों के सामने धर्म ले आते हैं और बड़े लोगों के सामने सलाम बजाते हैं।"

जावेद के पास तर्क नहीं था, पर हार जैसी शर्मिंदंगी थी। और फातिमा तो सिर्फ उम्मेद को दिन में दो-तीन बार बुलाती रहती थी।

सोलह साल के बाद, फातिमा के अलावा, लगभग हर कोई उम्मेद को भूल चुका था। मेरठ और मुनसफा, दोनो के लिए भी समय की लम्बाई में उम्मेद छिप गया। जावेद के दो लड़के हुए, दानिश और हारुन। हारुन चार साल की उम्र में बीमारी से चल बसा। एक लड़की भी हुई पर वो घर में इतनी चुपचाप थी कि होने का ज्यादा पता नहीं चला। हलिमा, दानिश से पाँच साल छोटी थी। दानिश अब पंद्रह साल का हो गया था। नवयुवक, बचपने से बाहर झांकने को आतुर। जावेद, अपने आपको किस्मत का धनी मानता था। दानिश बिल्कुल उसका शागिर्द था। एक बाप के लिए बेटे का गुरु बनना सबसे बड़ा अभिमान होता है। दानिश तो पूरे दिन जावेद की तरह बाल बनाने से लेकर चलने तक की कोशिश करता रहता था। सुख का दूसरा कारण यह भी था कि दानिश हर रश्मों-रिवाज को उतनी ही शिद्दत से करता था, जितना जावेद उससे उम्मीद करते थे। फिर चाहे जावेद हो या दादी फातिमा, रोज सलाम करना। फातिमा बूढ़ी हो गई थी तो मस्जिद की जिम्मेदारी भी जावेद के सिर पर ही थी। वो वहाँ का रख-रखाव, सफाई, बिजली-पानी सबका इंतजाम रोज देखता था। मौलवी कोई टिक नहीं पाते थे। कोई ना कोई दिन में एक बार नमाज का एलान कर जाता था। कई बार यह काम भी जावेद कर देता था। दानिश उसे भरी आँखों से देखता और सोचता कि बड़े होकर वह भी लाउडस्पीकर पर बोलेगा, "खवातीन-ओ-हजरात……"

वक्त के साथ जावेद को मस्जिद का काम अच्छा ही लगने लगा था। धर्म उसे मानसिक शांति और ऊर्जा दे रहा था, साथ में इज्जत भी। सितम्बर 1992 की शाम भी अलग थी। गर्मी ने कदम पीछे खींचने शुरु कर लिए थे पर मौसम अभी सुहाना नहीं हुआ था। जब जावेद ने शाम की नमाज मस्जिद में अदा की तो दानिश भी साथ ही था। मौलवी जी को वापिस मेरठ जाना था। वो बाहर

आकर जावेद से बोले, "इधर आना जावेद मियां।" दानिश को इशारे से दूर रहने को बता दिया। दानिश चुपचाप पाँच कदम पीछे चला गया। वहाँ से कुछ सुन तो नहीं सका पर अगले पंद्रह मिनटों में अपने अब्बा के चेहरे पर बदलते तेवरों से उसे अंदेशा हो गया कि मसला गंभीर है और उसकी उम्र से ऊपर का है।

पंडित हीरालाल अपने जमाने में सबसे प्रसिद्ध ज्योतिषाचार्य माने जाते थे। हरिद्वार के पास ही उनका बड़ा सा घर था, जिसे देखकर कोई भी धोखा खा जाए कि यह पंडित जी का घर है या साहूकार की हवेली। बाहर बड़ी सी जगह, जहाँ दो गायें चरते हुए गुम सी हो जाती थी, बच्चे खेलते थे तो रास्ते में नहीं आते थे और पंडित जी की बग्धी धीरे-धीरे आ भी जाती थी। उन पर सरस्वती की कृपा थी, ऐसा सबका ही मानना था। पहले वो छोटे-मोटे कद के पंडे थे जो सावन और श्राध में हरिद्वार में कमाते और घर चलाते थे। पर एक दिन उन पर दैवीय कृपा हो गई।

उन्होंने गंगा-पूजा करवाते वक्त बोला, "यजमान, आप अपने लड़के को पानी में मत उतरने दें, उस पर खतरा है।" यजमान, मध्यप्रदेश के बड़े साहूकार चंदन प्रसाद जी थे। उन्होंने भवें चढ़ाई, "कैसा खतरा?"

"यजमान, अगले दो साल तक पानी इसके लिए खतरा होगा......"

सब हँस पड़े। लड़के को वर्मा जाना था, कारोबार के लिए। पाँच दिनों का समुद्री सफर, और यहाँ पंडित जी कुछ और बता रहे थे।

"हम उस ग्रह की शांति किसी और से करेंगे, आप बस पूजा करवा दो।" चंदन प्रसाद जी ने धीरे से मुस्कुरा कर कहा। पर पंडित हीरालाल ने तो वही कहा था, जो उनको समझ आया था। पूजा के बाद, घुटने भर पानी में परिवार नहाने लगा और अचानक एक तेज लहर आई, चंदन प्रसाद के बेटे ललित प्रसाद को नजरों के सामने बहा ले गई। कुछ क्षणों में ही शोर गगनभेदी हो गया।

"बह गया, बह गया, बचाओ, बचाओ........." जिन्होंने देखा वो जर हो गए, जो समझ पाए वो डर से जम गए। पंडित हीरालाल ने

धोती उतार कर हाथ में पकड़ लिया और छलांग लगा गए। पानी की गति इतनी कि अगले मिनट वो भी गायब हो गए। पर लगभग बीस मिनट के बाद शोर हुआ "बचा लिया, बचा लिया......" तो सब दौड़े। पंडित हीरालाल, लड़के को ठेले पर बिठाए, ला रहे थे। लड़का, डरा, गीला, खाँसता हुआ।

चंदन प्रसाद जी ने अपनी टोपी, घड़ी, सोने की चेन और चार सोने के सिक्के सब पंडित जी के कदमों में रख दिए, "मैं आपका कर्जदार हो गया पंडित जी।"

"हर पानी गंगा जी नहीं और हर जगह मदद नहीं मिल पाएगी। लड़के को दो साल तक पानी से दूर रखें यजमान।"

बस यही वो वक्त था जब पंडित हीरालाल, पंडिताई से ज्योतिष विज्ञान में चले गए। वो पढ़ते रहे, ज्ञानार्जन किया और जो भी उनके मुँह से निकला, पूरी कुदरत उसे सही साबित करने में लग गई। 1940 में जब चीजें सस्ती थी, पंडित जी को पाँच लाख रुपए मिले, चंदन प्रसाद की तरफ से। उनका लड़का बर्मा नहीं गया और जा रहा जहाज डूब गया। बस तब से पंडित जी देश में ख्यातिप्राप्त हो गए।

सरस्वती माँ का वरदान और माँ लक्ष्मी की कृपा उन पर पूरी रही पर उम्र तो उम्र थी, सब संसाधन भी रोक नहीं पा रहे थे, जो बुढ़ापा उनकी तरफ तेजी से आ रहा था। उनकी एक ही संतान थी, "सरस्वतीनंदन" जिन्हें वो अपने जैसा बनाना चाहते थे। वो चाहते थे कि माँ सरस्वती की कृपा उनके पुत्र पर भी रहे, पर कृपा तो मिल जाती है, हक नहीं होती। ना तो पुत्र को भविष्य के दर्शन होते थे, ना दैवीय कृपा हुई। सरस्वतीनंदन चाहते थे कि वो दुनिया घूमें, देशाटन करें। देश आजाद हो गया था और वो जवान। जब कृपा होगी, तो वो भी तभी शुरु हो जाएगें। पिता की संपत्ति ने और भी इच्छाएँ प्रबल कर दी। जब पंडित हीरालाल स्वर्ग सिधारे,

तो सरस्वतीनंदन ने सारे पैसे अलग अलग हिस्सों में बाँटे और एक हिस्सा लेकर, जिधर भी नजर गई, निकल पड़े। तीन महीनों बाद, दूसरा हिस्सा और दूसरी दिशा।

1964 में, जब वो बीस साल के थे, उनको भी दिव्य ज्ञान मिला, पर अपने तांगा चलाने वाले से। "जो बेटा अपने बाप का नाम रौशन ना कर पाए, वो इतिहास में दब जाता है। लव-कुश को देखिए, बस एक ही चीज के लिए याद किए जा रहे, कि श्री राम का अश्वमेघ यज्ञ का घोड़ा रोक दिया। अरे, बाद में राजा भी तो बने, राज चलाया भी होगा। पर कोई नहीं बताएगा कि क्या-क्या किया। क्योंकि राम राज्य से बराबरी नहीं हो पाई होगी। अब मेरा बेटा रिक्शा चलाएगा तो तांगे से तो कम ही है ना, नाक ही कटवाएगा।" तांगे वाला हालाँकि अपने और अपने बेटे के बारे में बता रहा था, पर ज्ञान तो खुशबू होती है, सरस्वतीनंदन के दिल में उतर गई। और पंडित हीरालाल के पुत्र, सबकुछ बेचकर मेरठ के पास, अपना आश्रम बनाकर रहने लगे। वो पंडित सरस्वतीनंदन हो गए, कर्म से भी, मन से भी। आश्रम बना तो चेले भी आ गए और नाम भी रख लिया गया, "अहिल्या-आश्रम।" पंडित सरस्वतीनंदन का कहना था, "हम सब अपवित्र रुप से यहाँ है, कभी तो श्रीकदम हमें छूकर जीवित करेंगे।"

अहिल्या आश्रम की नींव तो 1965 में ही डल गई थी, पर तब सरस्वतीनंदन जी लगभग अकेले थे। दो गायें थी, एक झोपड़ी और एक मंदिर। वो रोज सुबह उठकर एक ही दिनचर्या पर चलते थे। उठना, फिर नित्यक्रिया के बाद दोनो गायों को चारा-पानी देना, गोबर साफ करना, फिर मंदिर प्रांगण के बाहर सफाई और फिर नहाना। वहाँ एक कूआँ था, जिसमें बारहों मास पानी होता था। नहा कर वो राम नाम जपते हुए मंदिर जाते, वहाँ भगवान की विस्तृत आरती होती थी। फिर मंदिर प्रांगण की सफाई। फिर उनके अपने खाने-पीने की बारी आती थी। यही चक्र शाम में भी चलता था।

तीन महीनों में आस-पास के गाँव के लोग जान चुके थे कि आरती कब होनी है, बस लोग जुड़ने लगे। छः महीनों में चार पाँच लड़के भी आ गए। 1976 तक पंडित सरस्वतीनंदन, स्वामी सरस्वतीनंदन और आचार्य सरस्वती महाराज के रुप से भी जाने जा रहे थे। तब उन्होंने किसी भक्त की अकस्मात् मृत्यु पर अपना दैवीय रुप दिखलाया। खुशीराम की मृत्यु बस के टक्कर से हो गई थी। पीछे नवजात कन्या और बीवी बच गए थे। आचार्य जी उन्हें घर ले आए। शाम की आरती के बाद प्रवचन होना था, उससे पहले ही आचार्य जी ने घोषणा कर दी, "आज और इसी वक्त से, यह कन्या, मेरी बेटी होगी और खुशीराम की विधवा, ममता, मेरी बहन। इनके लालन-पालन, रहना-सहना सब इसी रिश्ते पर चलेगा।

जो भी सुना वो मुरीद हो गया। आचार्य का कद समाज से काफी बड़ा हो गया था। तब से वहाँ बच्चे की आवाजें भी खेलने लगी। गायों को भी अपने पीछे भागती राजकुमारी मिल गयी। उसका नाम आचार्य ने खुद रखा, "संस्कृति"। धीरे-धीरे आश्रम में कई तरह के आवास बन गए, कई परिवार बस गए। वो एक छोटा मुहल्ला बन गया। आचार्य जी ज्ञानी पुरुष थे। वो सन्यासी नहीं थे, ना ही सन्यास को बढ़ावा देते थे। उनका कहना था, "परिवार तो परीक्षा है, प्यार की, संयम की, आचरण और संस्कार की। इससे भागना ठीक नहीं। इसके साथ जीवन को उत्कृष्ठ बनाओ।" और इसी वजह से वो जगह जीवंत थी।

1988 के साथ ही आचार्य ने अपने आश्रम को क्रमबद्ध तरीके से अगली पीढी को देने की बात रख दी थी। अब तक आश्रम एक अच्छी खासी जगह हो गया था। पैसे भी खूब आते थे और आचार्य खुले हाथों से लुटाते भी थे। कई स्कूल, वृद्धाश्रम, अनाथ आश्रम और मंदिर, सब उस अहिल्या आश्रम से जुड़कर काम कर रहे थे। जो भी आता वो जी भर कर दान भी करता था। सच ही है, धन-धन को खींच रहा था। गरीबी में लोग उतनी ही मदद देना चाहते हैं जिससे इंसान जिंदा रहे पर गरीब रहे। अमीरी में लोग बढ़-चढ़ कर देने को तैयार होते हैं। जहाँ लक्ष्मी की जरुरत होती है वहाँ लक्ष्मी शायद ही आ बैठे। लक्ष्मी का निवास तो जरुरत में नहीं, संचय और निष्काम जगहों पर है। अहिल्या आश्रम उपयुक्त जगह थी। ना स्वामी जी को जरुरत थी, ना चाहत। तभी धन जरुरत से ज्यादा था।

पर धन ने स्वामी जी को नहीं डिगाया। वो अब भी गौ-सेवा और मंदिर सेवा करके खुश थे। लेकिन जो उनके नीचे थे, वो ऐसे निष्पाप ना रह सके। 1988 में जब स्वामी जी ने अपने हदें समेटने की घोषणा कर दी, तो आश्रम में हलचल बढ़ गई। तीन प्रमुख शिष्य थे, जो पुराने भी थे और दावेदार भी। भाई जीवन राम, भाई सरयू राम और भाई केशव राम। तीनो के साथ स्वामी जी का लगाव था। आश्रम में लोगों को अलग-अलग भविष्य के स्वामी नजर आते थे। भाई जीवन राम जी पारिवारिक आदमी थे, पर वहाँ आने से पहले व्यापारी रह चुके थे। किसी गबन ने केस में अंदर भी गए थे। वैसे तो स्वामी जी ने उन्हें पहले ही कहा था कि "पाप को छोड़ कर, स्वस्थ्य मन से आ जाओ।" फिर भी लोगों में संशय था कि भाई जीवन राम की दावेदारी के वक्त उनका भूतकाल उठ खड़ा हो जाएगा। भाई केशव राम जी अकेले प्राणी थे। बीवी-बच्चे थे नहीं और ना कोई रिश्तेदार। जी-जान से आश्रम की सेवा करते थे और हद ईमानदार भी। पर स्वामी जी ने उसे पहले भी टोका

था "केशव, तुम एक मुखी जीवन जी रहे हो। जीवन, प्रकृति ने बहुमुखी बनाया है। परिवार, समाज, कुदरत, भगवान, नदी, मन, सपने........सबके साथ रिश्ता होना चाहिए, तभी जीवन संपूर्ण होता है। क्या कभी सूरज ने सोचा कि मैं रौशनी सिर्फ धरती को दूँगा, चाँद को नहीं? सामाजिक बनो, पुजारी नहीं।" अब इन दलीलों के वजन के साथ, केशव राम जी का अगला स्वामी बनना कईयों को मुश्किल लगता था।

भाई सरयू राम नए थे, पाँच सालों से आश्रम के सहयोगी और सहकर्मी, पर विद्वान थे, कुशल थे, चतुर और आश्रम में सबसे प्रिय भी। वो जितने प्रिय थे, उससे ज्यादा उनकी धर्मपत्नी सबको प्रिय थी। माता सुमन देवी। वो दिन भर अच्छा-अच्छा खाना बनाती और हर किसी को स्नेह से खिलाती थी। वो कभी किसी के लिए स्वेटर बुन देती तो कभी बच्चों को बिठा कर पढ़ा रही होती। उसे बस ज्यादा पूजा पाठ से परहेज था। प्रवचन से दूर रहती, यज्ञ या हवन में भी नहीं जाती थी। बस सुबह-शाम, आते जाते, मंदिर के आगे सिर झुका देती। उसका कहना था कि वो इन सब कामों के लिए उपयुक्त नहीं। "ये वाला जीवन, इसी पटरी पर चलेगा भैया। अब कहाँ पटरी बदलवाओगे? घर से एक आदमी पुजारी हो ही गया ना, मैं तो गृहिणी ही सही हूँ।"

पर सरयू राम के खिलाफ दो बातें ही थी, एक कि वो नए थे। दूसरी बात कि जब वो खुद की पत्नी को आश्रम के तरीकों में नहीं ढाल सके, तो दूसरों को क्या समझा पाएंगे। पर आश्रम था तो स्वामी सरस्वतीनंदन की सम्पत्ति, उनकी मर्जी ही चलनी थी। न्याय प्रिय और दूर अंदेशी स्वामी जी खुद भी पशोपेश में होते थे।

1990 की मार्च में स्वामी जी ने अघोषित रुप से एक कदम आगे बढ़ाया। शाम की भजन के निर्मल बोल हवा में थे-

हटे अज्ञान मन से, प्रभु

हमें अपनी शरण लेना

रहें निर्मल, रहें निष्पाप

जुड़े तुमसे वो मन देना

ना हो लोभ, लालच, दंभ

कि हम ना दूर हो जाएं

हमें दिखे तो बस धर्म

ऐसे पावन नयन देना।

रहें निर्मल, रहें निष्पाप

जुड़े तुमसे वो मन देना।।

जो जीवन हो सरिता-सी

तुम्हारे प्यार की स्वामी

बने लहरें, नित धोएं

अपने कमल चरण देना।

रहें निर्मल, रहें निष्पाप

जुड़े तुमसे वो मन देना।।

हठी हम धर्म पर हो

दुख हँस कर सहें

करें हर बार धर्म पर

समर्पित वही जीवन देना।

रहें निर्मल, रहें निष्पाप

जुड़े तुमसे वो मन देना।।

शाम की भजन के बाद आश्रम के आठ-दस प्रमुख लोग वहीं रुके। तीनो दावेदार, बहन ममता, बेटी संस्कृति और कुछेक सेवादार।

"आप लोगों की क्या राय है, इस आश्रम को आगे ले जाने के लिए। ऐसा मान कर बताएं कि आप ही अगले मालिक होंगे। वैसे तो आश्रम में मालिकाना हक कुछ नहीं होता, पर कानून यही कहता है। इससे पहले कि हम लोग आगे बढ़े, कुछ बातें समझनी जरुरी है। एक कि अहिल्या आश्रम क्या है, क्यों है? दूसरी बात कि आश्रम प्रमुख की क्या मर्यादा है, क्या जिम्मेदारी है? और तीसरी बात कि भविष्य के लिए सेवा वृद्धि की क्या योजना है। मैं अपने मन की बात रखता हूँ, आप जहाँ चाहे, टोक दें।"

स्वामी जी ने अपनी आसनी पर अपने आपको थोड़ा सीधा किया, सब पर नजर डाली और फिर शुरु हुए, "माता अहिल्या, ऋषि गौतम की पत्नी थी जिस पर इंद्र की कूदृष्टि थी। इंद्र ने ऋषि का भेष डालकर अहिल्या जी से संबंध बनाए और जब यह बात ऋषि गौतम को पता चली तो उन्होंने अहिल्या जी को पत्थर की मूर्ति बनने का शाप दे दिया। बाद में, श्री राम के श्री चरणों के स्पर्श से वो वापिस जीवंत रुप में आ सकीं अब यह कथा तो हम लोगों ने रामायण में विस्तार से पढ़ा ही है, पर इससे क्या निचोड़ निकला? अहिल्या जी की तरफ से देखो। वो गृहिणी थी और ऋषि पत्नी भी। उन्होंने सामान्य गृहिणी की तरह ही अपने पति से कामना की। इंद्र ने रुप बदला था, फिर भी सजा अहिल्या ने स्वीकार किया और श्री चरणों ने उसका उद्धार किया। यह आश्रम भी उसी

सपने पर है। हम अपने सामाजिक कार्यों में गृहस्थी का पालन करें जिसमें प्रभू, मनुष्य, संसार, जीव-जन्तु, नदी, पत्थर, सब रहते हैं। हम उनसे प्यार करें, उन पर शक ना करें। जैसे माता अहिल्या ने किया था। जो ज्यादा सावधानी में जीते हैं, वो इतिहास में हासिये पर ही रह जाते हैं। प्यार, पूजा, श्रद्धा यह सब उस दिशा की चीजें हैं जिधर आप खतरा नहीं देखते, समर्पण देखते हो। अहिल्या ने इंद्र पर शक नहीं किया, पर यही बात अहिल्या की निर्दोष आचरण का प्रमाण बनी। उसने पति समझ कर प्यार किया, कोई पाप नहीं लगा। हमें भी जीवन में लाभ-हानि, यश-अपयश छोड़ कर सेवा और प्यार करना है।

अहिल्या आश्रम खुला दरबार है, जो भी जरुरत या श्रद्धा का चोगा पहन कर अंदर आएगा, प्यार ही पाएगा। हम उसे परीक्षण में नहीं डालेंगे।" स्वामी जी रुके, बाकी लोगों की तरफ नजर डाली और पूछा "कुछ कहना चाहते हो?"

बैठे लोगों के समूह में स्वामी जी की नजर जीवन राम जी पर टिक गई।

"गुरुजी" भाई जीवन राम जी ने जवाब दिया, "सीधापन एक दैनिक गुण है, इसमें कोई दो राय नहीं। हम सहज हों, सीधे हों, या जरुरी हैं। पर अगर यह अवस्था प्राकृतिक ना हो तो? मसलन, एक दृश्य सोचते हैं कि राहगीर ने अंधेरे में एक रस्सी सड़क के किनारे पड़ी देखी। वो सीधा था, सहज था, उसने रस्सी समझा। वो उस रास्ते चला गया। पर अगर उसने प्रथम दृष्टया उसे साँप ही समझा होता तो? ऐसे में हम उसे गरल या कठिन प्रवृति का तो नहीं बता सकते हैं? क्या वो साँप समझ कर सावधानी ना बरते? मेरी समझ से सरलता ऐसी चीज नहीं जो मापी जाए या जिसका न्यायिक मूल्यांकन हो। जो जैसा बना है, वैसा रहे, प्राकृतिक रहे।

साँप देखकर रस्सी का भ्रम ना पाले, ना ही रस्सी देखकर साँप समझ ले।"

भाई जीवन राम के तर्क पर भी कई लोगों ने सिर हिलाकर आंशिक सहमति जताई। स्वामी जी मुस्कुरा कर पीठ सीधी करने लगे।

"जीवन, आप सही कह रहे हो, पर यह विवेचना से थोड़ा अलग है। माता अहिल्या सरल थी, तभी जानी जाती हैं, वरना तो कितनी ही स्त्रियाँ उनके समकालीन रही होंगी। साधुजन क्या होते हैं? वो तीन तरह के गुणो से लिप्त होते हैं।

पहला अनुवांशिक या जन्मजात। मैं जन्मजात कहना पंसद करता हूँ। क्योंकि साधु का बेटा साधु और चोर को बेटा चोर हो, यह जरुरी नहीं। पर यह वो गुण है जो मनुष्य में शुरु से ही है। अगर वो धार्मिक गुणों के साथ धरती पर आया है तो कसाई घर में भी धर्म पर चलने को आतुर रहेगा और अगर शैतानी प्रवृति के साथ कृष्ण कुल में भी जन्म ले ले तो भी शैतान ही रहेगा। दूसरा लेप हमारे ऊपर होता है कर्म का। जो आप जोड़ोगे, वही निकाल पाओगे। कर्म शुद्ध हो तो उसकी पवित्रता जन्मजात अवगुणों को भी ढक लेती है। कर्म लेप सबसे प्रबल आवरण है। तभी तो श्री राम के लिए नाव खेने वाला भी मोक्ष-अधिकारी था। इसीलिए कर्म का चयन सावधानी से होना चाहिए। यह हमारे वश में है। चोरी करके प्रभु गान करना व्यर्थ है। शिक्षक भी चोरी कर ले तो वो चोर ही है। और तीसरा लेप है प्रकृति या बेहतर कहें तो सानिध्य का। जहाँ रहोगे वहाँ के गुण -अवगुण, विचार, व्यभिचार और संस्कार, सब शरीर और आत्मा में घुस जाते हैं। चोरों की संगति में साधु बने रहने की संभावना कम होती है। अब यह वाला लेप भी आपके हाथों में है। अपनी संगति चुनना। जहाँ सु-संगति ना हो, वहाँ से पलायन करना ही सद्गति है। ये तीनो लेप हमारी आत्मा और

शरीर को ढके रखते हैं। जिसके पास सात्विक लेप हैं, वो संत हो गया, जिसके पास विकृत लेप है, वो अधर्मी। इसीलिए जो गुण भाई जीवन राम श्री बता रहे हैं, वो हमारा जन्मजाम लेप है। वो अच्छा हो तो उत्तम। वो ना अच्छा हो तो, बाकी दोनो लेपों पर मेहनत करने की आवश्यकता है।"

स्वामी जी ने नजर घुमा कर सबको देखा, सब सहमत दिखे। "मैं आप सबमें संत देखता हूँ। आप सब तीनों लेपों से सराबोर महान आत्माएं हैं। इसीलिए मुझे यह चिंता नहीं है कि मेरे बाद अहिल्या आश्रम का क्या होगा। अब दिशाएं तो सारी ही शुभ होती हैं। उत्तर में केदारनाथ और हिमालय है तो दक्षिण में कन्याकुमारी, जहाँ रावण ने राम जी के लिए पूजा करवाई थी। पूरब में भी माँ पार्वती के शरीर अवशेषों के मंदिर हैं तो पश्चिम में द्वारका है, पर अगर जाना हो तो एक ही दिशा चुनी जा सकती है। इसीलिए अगला उत्तराधिकारी चुनना मुश्किल पर जरुरी है।"

शाम की धूमिल होती रोशनी में पेड़ के नीचे बने चबूतरे पर सब एक दूसरे को प्रश्नवाचक नजरों से देख रहे थे। तीनों की अधोषित दावेदारी सबको पता थी। और तीनों को भी। पर विचार-विमर्श में यह स्वार्थ या लालच दिखलाना ठीक नहीं था।

तभी बगल से गला साफ करने की आवाज आई। "छाछ लेंगे? मैंने जीरा और पुदीना डाल कर बनायी है।" नजर घूमने पर सुमन देवी खड़ी दिख गयी। हाथ में तश्तरी और तश्तरी पर छाछ भरे छः कुल्हड़।

सुमन देवी उम्मीदवारों के आपसी द्वंद से अलग थी। सबके चेहरे खिल उठे।

"इसकी बड़ी जरुरत थी दीदी।"

सितम्बर तक गर्मी भी कम होने लगी थी। प्रशासन में नए अधिकारी थे संजीवनी शुक्ला, जो आश्रम से जुड़े रहते थे। हर हफ्ते शनिवार को शुक्ला जी की लाल बत्ती की गाड़ी आश्रम से थोड़ी दूर खड़ी रहती थी और वो वहाँ से पैदल, नंगे पाँव, आश्रम आते। पूजा शाम की आरती में उपस्थित होते और प्रवचन का सुख लेते थे। उनका ओहदा सचिवालय में ऊँचा था, फिर भी वो जब भी आश्रम में आते, बेचारे बन कर ही आते थे। मई में वो आश्रम से जुड़े और जून में उन्होंने स्वामी जी को बरेली के पास की हरिजन बस्ती में सहयोग के लिए मना लिया था। तब से सितम्बर तक कोई ना कोई बरेली के चक्कर लगाता ही रहता था। आश्रम में होने वाली सारी हलचलें अब बंद होकर बरेली की तरफ केंद्रित हो गईं। वहाँ की हरिजन बस्ती, सौ परिवारों का जमावड़ा थी। ना पीने का पानी, ना सफाई और ना ही पढ़ाई। आधे लोग छोटी-मोटी चोरी, मांग कर या फिर लूट-पाट करके खा रहे थे। पतली गली के दोनो तरफ कच्चे-पक्के, छोटे छोटे घर थे जिनमें बिस्तर से ज्यादा लोग थे। गली की नालियों पर ही बच्चे मल-त्याग और बड़े पुरुष मूत्र-विसर्जन कर रहे होते थे। ना कोई संस्कार, न सभ्यता। संजीवनी शुक्ला जी ने साफ कहा था, "स्वामी जी, उधर मिशनरी अपने पाँव फैला रही है। जैसे भी हों, हैं तो अपने भाई ही। हम ना संभालेंगे जो सब क्रिसचन हो जांएगे।" और इसी के बाद सबने जी-जान लगाकर कवायत शुरु कर दी। आश्रम ने सबसे पहले भाई केशव राम जी को भेजा। धन की कमी थी नहीं, सो वहीं, बगल में आश्रम बन गया। दूसरी तरफ शौचालय भी। फिर भाई जीवन राम भी गए। इसी तरह हर किसी ने जाकर मोर्चा संभाला तो वो जगह सुधर गई। सितम्बर तक इतना असर हो गया था कि वहाँ के आश्रम में, हरिजन बस्ती के सेवादार ही, पाँच-पाँच सौ रुपयों पर हाजरी लगाकर सेवा करने लगे। धर्म के लिए यह कीमत कम ही थी।

जब शाम में सब पेड़ के नीचे विचार-मंथन को जमा हुए तो माहौल थोड़ा अलग था। संजीवनी शुक्ला दिन में भाई जीवन राम से काफी बातें करके गए थे। जीवन राम जी शुरु हुए, "सर्वविदित है कि प्रभु श्री राम अयोध्या के राजा दशरथ के ज्येष्ठ पुत्र थे और बाद में उन्होंने अयोध्या पर सुशासन भी किया। अयोध्या नगरी उनके जन्म से निर्वाण तक की साक्षी रही और उनके चरण कमलों से पुरस्कृत रही। अब ऐसी देवभूमि कहाँ है?

क्या हमें पता है कि अयोध्या नाम का ना तो स्टेशन है, ना ही शहर। जहाँ सरयू के पवित्र जल ने श्री राम के जन्म पर उनके चरण धोए थे वो सरयू आज किसी अयोध्या को नहीं पहचान पा रही। अब वो फैजाबाद हो गया है। और हमारे प्रभु के जन्म-स्थल पर बना मंदिर, अब गुम्बदों में दब गया है। क्या हम चुपचाप घरों में ही श्री राम को जपें, फैजाबाद से अयोध्या को मुक्त ना करें? शुक्ला जी यही बताने आए थे। प्रभु के मंदिर के निर्माण हेतु कार सेवा व आंदोलन होने की बात है। सबको सहयोग करना चाहिए। हमें भी साथ होना चाहिए।"

बात खत्म हुई मगर भाई जीवन राम की सांसों की गर्मी नहीं। नथूने थोड़े फड़कते हुए और चेहरे पर तनाव। स्वामी जी ने नजर उठाकर सबको देखा, "विचार गोष्ठी है, अपना मत रखें। हम यहीं भारत बना रहे हैं। जो हम सोचेंगे और जो फैसला लेंगे, वही भारत की नींव में रहेगा।"

नजर मिली तो भाई सरयू राम जी ने बोलना शुरु किया। "प्रभु राम और हमारा रिश्ता क्या है? वो आराध्य हैं हम दास। हम परिष्कृत होकर सबरी बन जाएँ, इतने में ही मोक्ष है। राम की मर्जी के बिना पत्ता भी नहीं हिलता, यह तो अटल सत्य है। ऐसे में देश की परिस्थितियों को देखना जरुरी है। फैजाबाद नाम गलत है। अयोध्या होना चाहिए और अयोध्या क्यों, श्री अयोध्या

होना चाहिए। पर यह राजनीतिक दल की ओर से नहीं, जनमानस के दबाव से होना चाहिए। कोई, स्वामी जी सरीखा, जाकर सरकार को समझा दे......। उसी तरह कार सेवा व मंदिर निर्माण अब कानूनी मसला है। कोर्ट में मामला है। और ये मसले चुनावी हवा में जाग लेते हैं। मेरी समझ से जो मसला कोर्ट में है, उसे कोर्ट को निबटाने दो।"

स्वामी जी को पता था कि भाई सरयू राम अलग ढंग से समझदार हैं। वो मुस्कुरा उठे।

भाई केशव राम की अघोषित बारी आ गई! वो शुरु हुए, "श्री राम तो स्वामी हैं पर क्या हर पत्ते को हिलाने के लिए हम उन्हें ही कहें? जो संस्कार, गुण और ज्ञान हमें मिला है वो उपयोग के लिए है, ना कि चुप्पी साध कर बैठने के लिए। मेरा अपना मत है कि हमें कार सेवा में बढ़-चढ़ कर हिस्सा लेना चाहिए। हमारे खून से ही तो बाबरी मस्जिद बनी थी, हम अपने रक्त से मंदिर बनवा ही सकते हैं।"

केशव राम जी भारी बातें बोल गए। कुछ पल को सन्नाटा छा गया। फिर स्वामी जी ने मुस्कुरा कर बात शुरु की।

"हम अहिल्या आश्रम के लोग, प्रभु चरण के पूजक हैं। सत्य है कि अंहिसा और सदभाव हमें साधु बनाता है, पर याद रहे "धर्मो रक्षति रक्षतिः।" अगर हम अपने धर्म की रक्षा नहीं करेंगे, तो हम एक परजीवी ही हैं। धर्म तो बरगद का पेड़ है, विशाल, छायादायी और हरित, पर छाया लेना ही पर्याप्त नहीं। इसकी जड़ो को नीर भी चाहिए। राम मंदिर हमारे लिए जीवन का लक्ष्य होना चाहिए, एक राजनैतिक उन्माद नहीं। मगर सत्य यह भी है कि भीड़ का उन्माद, बिना नायक और राजनीति के प्रतिफल नहीं दे सकता। मैं इस विचार से सहमत हूँ कि हमें कार सेवा में भाग लेना चाहिए।"

भाई सरयू राम जी ने कहा, "स्वामी जी, हमें इस संदर्भ में खुद पता करना चाहिए। माननीय शुक्ला जी की कही बातों पर भावादेश ठीक नहीं। ऐसे आंदोलन, हो सकता है, हमें प्रशासन और सरकार के खिलाफ खड़ा कर दें।"

"तो हमें क्या डर है? फकीर हैं, जेल में रह लेंगे। अपनी कौन सी मोह-माया छूटी जा रही है?" भाई जीवन राम जी ने कहा।

"कष्ट से तो मैं भी नहीं डरता भाई, पर परिणाम -विवेचना जरुरी है। जीवन का मोह नहीं, पर यह व्यर्थ भी तो नहीं कर सकते? जो मंदिर मेरे रक्त से बनता हो, तो मैं क्षण भी ना सोचूं, पर व्यर्थ रक्त बहाना समझदारी नहीं है।"

आश्रम में सामान्यतया बहस नहीं होती थी। पर ऐसी अवस्था में दोनों ने एक साथ स्वामी जी को देखा। स्वामी जी चुप थे और नीचे देख रहे थे।

"आप ही बताएँ गुरुजी, क्या आदेश है?" जीवन राम ने कहा।

"हानि, लाभ, जीवन, मरण, यश, अपयश विधि हाथ।" स्वामी जी ने नजर उठाए बिना कहा, "समय आने वाला है जब अहिल्या आश्रम, माँ अहिल्या की परीक्षा पर आंका जाएगा। मन की सुनो, प्रभु राम की सुनो। हम कार सेवा करेंगे पर आंदोलन नहीं। हम किसी राजनैतिक दल के प्रवत्रक नहीं है। समूह बनाओ और गाँव-गाँव में लोगों को जागरुक करो। बताओ कि राम जी का मंदिर हमारा सपना नहीं, लक्ष्य होना चाहिए। जनमानस तक राम-धुन पहुँचाओ और समाज को राम-राज्य ढूंढने दो।"

स्वामी जी अपने शांत स्वरुप से थोड़ा पृथक होकर जीवन राम जी को समर्थन कर गए, यह बात थोड़ी अपच रही। पर पूरा आश्रम अब एक नए आयाम को तराशने में लग गया। कार सेवा के लिए गैर-राजनैतिक जन-जागरण करना था। तीन दल बने जो बरेली, फैजाबाद और दिल्ली की तरफ चल पड़े। राजदूत की मोटर साइकिल ली गई जो लोगों और सामान ले जाने के लिए काम आनी थी। हर दल में तीन लोग थे, दो पुरुष, एक महिला। काम-घर घर जाकर हिंदुओं को अयोध्या में मंदिर बनाने के लिए जागरुक करना। गाँव में हर रविवार रिक्शा पर लाउड-स्पीकर से राम-धुन बजाना, रामायण को गाना और अहसास जगाना कि राम मंदिर बनेगा। जीवन राम जी की पत्नी ने भी उनके साथ ही मोर्चा संभाला। सरयू राम जी की पत्नी ने तो मना कर दिया। "यहाँ का स्टेशन कौन संभालेगा? मेरे बस का तो यही है।" सरयू भाई को भी स्वामी जी ने आश्रम में ही रखा। उनका मानना था कि "जब तक आपकी अपनी आत्मा गवाही ना दे, जबरन काम नहीं करना है। सरयूराम जी आश्रम के दिनचर्या में ही रहें तो खुश रहेंगे। जब कभी चाहें, राम-रथ में चढ़ जाएँ। यह आश्रम भी राम का, रास्ते भी राम के।"

जब सब अपने रास्ते चल पड़े, तब एक दिन शुक्ला जी फिर आए। अपनी लाल बत्ती की गाड़ी दूर खड़ी करके पैदल, नंगे पाँव। जब तक स्वामी जी की पूजा चलती रही, वो चुपचाप खड़े रहे। दो घंटों के बाद भी स्वामी जी उन्हें नजर अंदाज नहीं कर सके। इशारे से निकट बुलाया।

"शुक्ला जी महाशय! आप दूर क्यों खड़े हैं? क्या आश्रम छोड़ दिया है आपने? स्वामी जी ने हँसते हुए कहा।

"प्रणाम स्वामी जी।" शुक्ला जी बगल में पालथी मारकर बैठ गए। "मेरी इतनी औकात कहाँ कि मैं ऐसा सोचूँ भी। प्रभु, मेरे

जीवन में यह आश्रम पीपल की छाँव जैसा है, मेरे परिवार जैसा है। मैं तो बस पूजा खत्म होने का इंतजार कर रहा था। कुछ बात करनी थी।"

स्वामी जी को मान था कि कुछ विषय है, जिसके लिए शुक्ला जी सरीके व्यस्त आदमी इंतजार कर रहे हैं। उन्होंने भर्वें ऊँची करके बताने का इशारा किया।

"गाँव-गाँव में जागरण का काम बहुत उचित है स्वामी जी, पर देश में इतने गाँव हैं कि पूरी जिंदगी में भी जाए ना जा सके। हमारे कुछ नजदीकी लोग स्वयं सेवा संघ से जुड़े हैं। उन लोगों की गाँवों में अच्छी पकड़ है। आप हाँ कह दें तो उनका सहयोग ले लें।"

शुक्ला जी बोलते-बोलते रुक गए। स्वामी जी से यह जानना भी जरुरी था कि उनका मत क्या है। स्वामी जी इस स्थान पर थे जहाँ अपनी बात कहने से ज्यादा उनका मत मायने रखता था। स्वामी जी की नजर ऊपर, पत्रों में कुछ तलाश रही थी। उन्होंने ऊपर ही नजर रखते हुए कहा, "हम सीधे-साधे लोग हैं शुक्ला जी। हमें शांति चाहिए और हम जान देने को तैयार हैं पर आतुर नहीं। प्रभु तक जाने के लिए हमें अपने दिल की सुननी है, संघ की क्यों सुनें?"

शुक्ला जी ने कुछ क्षणों के मौन के बाद कहा, "स्वामी जी, संघ आम जनों का ही समूह है। ना तो संघी राजनीति में जाना चाहते हैं, ना जाएंगे। बस यह है कि अभी लोहा गर्म है। देश में माहौल है और हुक्मरानों पर दबाव। यह मौका निकल गया तो फिर.........प्रभु टेंट में ही रह जाएंगे। अगर हम सब, बिना दल के मेहनत करेंगे तो ना तो दबाव बनेगा, ना असर। आपको कब कह रहा हूँ कि संघ में शामिल हो जाएं, बस साथ ले लें, थोड़ा साथ दे दें।"

स्वामी जी की शांत, मगर मन तक शरीर चीर कर पहुँचने वाली नजरों ने शुक्ला जी को देखा तो शुक्ला जी सहम गए। तभी सुमन देवी लस्सी लेकर सामने खड़ी दिख गईं, "भैया लस्सी ले लीजिए।"

स्वामी जी ने मुस्कुरा कर एक गिलास उठाया और शुक्ला जी को पकड़ा दिया। "लस्सी लीजिए। सुमन जी सबसे अच्छी लस्सी बनाती हैं। यह आश्रम की अन्नपूर्णा माँ हैं।" और इशारे से सुमन देवी को चबूतरे पर जगह दे दी। "शुक्ला जी महाशय! आपकी बातें मैंने ध्यान से सुनी है और भरोसा रखिए, हम सब इस विषय पर चर्चा जरुर करेंगे। जो भी सहमति होगी वो आपको बता देंगे।"

शुक्ला जी ने सिर झुका दिया, "प्रभु, आप क्या सोचते हैं?"

"मेरी अकेले की सोच, निहायत ही निजी होगी। सबका जीवन है, सबके राम हैं। मैं उन पर अपनी सोच का दबाव नहीं बनाऊँगा। निश्चिंत रहिए, मैं आश्रम का प्रधान सेवक हूँ, मालिक नहीं।" स्वामी जी ने हँस कर अपनी बात खत्म की। शुक्ला जी निरुत्तर होकर चुप हो गए। जल्दी से लस्सी खत्म की और खड़े हो गए।

"आप सच में अन्नपूर्णा माँ हो, आत्मा तृप्त हो गई।" शुक्ला जी ने सुमन देवी को झुक कर प्रणाम किया और स्वामी जी के चरण छुए, "चलता हूँ प्रभु।" शुक्ला जी के जाने के बाद, स्वामी जी सुमन देवी से मुखातिब हुए, "आप राम मंदिर का मामला जानती हैं? "

"थोड़ा सा।"

"कितना थोड़ा?"

"बस इतना कि श्री राम जी वहाँ जन्मे थे और बाद में बाबरी मस्जिद वहाँ बना दी गई। अब वापिस मंदिर के लिए संघर्ष हो रहा है।"

स्वामी जी मुस्कुराए, "सच्चाई है भी इतनी ही। अब जन मानस में प्रभु राम की मंदिर को लेकर जागृति करने ही तो सब लोग गए हैं। ऐसे में कुछ राजनैतिक दल या उनके सहयोगी दल, राम मंदिर का मुद्दा हथियाना चाहते हैं। राजनैतिक स्वार्थ समझ लीजिए। हालाँकि लक्ष्य एक है पर कितना उचित है उनके साथ चल लेना?"

"मुझे पता नहीं भैया। मेरा तो जीवन चक्र ऊपर वाले ने लिख कर भेजा है। गृहिणी, गृहिणी और गृहस्थी। यही मेरे लिए उपयुक्त भी है और आनंददायी भी। मैं तो चाहती हूँ कि राम जी का बड़ा मंदिर बन जाए। बजरंग बली आयें और घोषणा कर दें। ना कोई लड़ाई, ना कचहरी, बस हो गया फैसला। पर मैं नहीं जा सकती सड़कों पर रैली निकालने। हाँ फिर भी अगर रैली जरुरी है तो आदमी लोग जायें। हम औरतों का क्या काम है वहाँ? हम तो मंदिर ही जायेंगी सीधा।"

स्वामी जी अक्सर सोचते थे कि संतुष्टि के लिए परिधि जरुरी है। जहाँ संभावनाएं अनगिनत हो, अनंत हो, वहाँ आग है। पाने की आग, बढ़ने की आग और सुधार की आग। आदमी रात में जाग कर सपने देखता है। पर जहाँ परिधि सीमित हो, वहाँ मन को पता हो कि हद कहाँ है, वहाँ? सुमन देवी के मन को हद पता थी इसीलिए वो संतुष्ट थी। देश में कोई प्रधानमंत्री हो, उसे कोई फर्क नहीं पड़ता था और ऐसा ही फैजाबाद या अयोध्या के लिए भी था। स्वामी जी को यह भी लगता था कि आत्मा की शांति तो सुमन देवी के पास ही है। चाय बना कर भी वो परम संतुष्टि में जी रही होती थी।

"अगर तुम"

"भैया, मुझे कहाँ घसीटते हो इन पचड़ो में? मैं गृहिणी हूँ, वही रहना चाहती हूँ। जिन्दा रहते समय राम-नाम लेती रहूँ, और मरने पर राम जी शरण दे दें, बस यही चाहती हूँ।" सुमन देवी ने आँखें

बंद करके, मन ही मन प्रभु को याद करते हुए कहा। "आश्रम हो तो अच्छा, मुहल्ला हो तो अच्छा, या फिर बाजार हो या श्मशान, मैं तो परिवार -परायण जीवन में खुश हूँ। जो मेरे पति कहेंगे, वो मान लूँगी।"

स्वामी जी चुपचाप सुमन देवी को देखते रहे। फिर नजर हटा कर आंगन में खेल रहे बच्चों को देखा। तीन बच्चे थे, जो दौड़ रहे थे, खुश थे, किलकारियाँ मार कर हँस रहे थे। शायद कम ज्ञान आपको विषय की गंभीरता से परे, जीना सिखला देता है। "आप सही कह रहे हो। पर वैसे ही पूछ रहा था, क्या हम लोगों को राम जी के मंदिर के लिए सामाजिक संघर्ष में समझौते करने चाहिए? अपनी पहचान भूल कर समझौता।"

"भैया, अपनी पहचान पकड़ कर परिवर्तन बड़ा कठिन है। जब सबकी पहचान एक होगी तभी गाड़ी आगे बढ़ेगी। अब, मैं अपने आपको ही सोचती हूँ, पहले छोटी सुमनिया थी, गलियों में कूदती, नाचती, अपने बाबा के कंधों पर घूमती। तब मेरी पहचान थी, मास्टर दीनबंधू जी की बेटी। फिर स्कूल में सुमनिया से सुमन हो गई। विद्या-निकेतन की सुमन। फिर पति के नाम से जुड़ गई। पर सफर तो अच्छा ही रहा था। स्टेशन बदलते गए, पर गाड़ी तो अपनी थी, चलती रही। उसी तरह जब प्रभु राम का काम है तो क्या बंदर क्या रीछ। बस लग लेते हैं। बाकी आप लोग इन मामलों में ज्यादा जानकार हैं, खुद सोचिए।"

स्वामी जी का चेहरा खिल गया। मानो ढूंढते -ढूंढते गुम हुई चीज मिल गई हो।

"प्रभु राम का काम है तो क्या बंदर क्या रीछ।" वो बुदबुदाए और हँस पड़े।

"सुमन जी, आप अन्नपूर्णा भी हो और माता सरस्वती भी।" अपनी प्रशंसा से झेंपकर सुमन देवी वापिस हो गईं। स्वामी जी ने अपना निर्णय कागज पर लिखना शुरु कर दिया। वो हमेशा क्रमबद्ध, कम शब्दों में लिखते थे। वो सुनते सारा थे, पर लिखना-सिर्फ जरुरी शब्दों का क्रम।

"अहिल्या आश्रम प्रभु राम के चरण की अभिलाषा करती है। हमारा होना, ना होना सब प्रभु-भक्ति से ही है।

अयोध्या, दुबारा अयोध्या बन जाए और प्रभु के जन्मस्थान पर तीर्थ हो पाए, यह आशा, हमारे जीवन से ज्यादा कीमती है।

आश्रम, सबका घर है। हर एक प्राणी स्वतंत्र है। जो भी कार सेवा करना चाहे, स्वागत है। जो नहीं करना चाहे, स्वागत है।

जो कोई भी इस कार्य में साथ दे वो मित्र है, भाई है। प्रभु राम का नाम है। हमारी अलग पहचान से अलग, बेहतर। संघ का भी स्वागत है।

हम राजनैतिक नहीं, आध्यात्मिक सेवा दल हैं, यही रहेंगे। संघ के साथ समन्वय विषय-उपयुक्त ही है।"

सरयूराम जी को संघ या किसी भी संस्था का अहिल्या आश्रम में आना उचित नहीं लग रहा था। जहाँ बाकी सब ने और बढ़े हुए जोश के साथ प्रचार शुरु कर दिया, सरयू राम आश्रम में ही रहकर काम करते रहे। स्वयं स्वामी जी भी संघ के लोगों के साथ मिलने, गाँव में जा जाकर लोगों को जगाने, बताने के काम में धीरे-धीरे घुसते जा रहे थे। ऐसे में आश्रम किसी भी समय सिर्फ कुछ लोगों का ही घर होता था। स्वामी जी की पूरी कोशिश रहती थी कि सुबह या शाम, एक समय की आरती और प्रवचन को जरुर करें, पर अधिकतर दिनों में यह नहीं हो पा रहा था। आश्रम में सुनने वालों की संख्या भी बढ़ने लगी। ऐसे में शाम का प्रवचन मुख्य हो गया। सुबह तो वो संक्षिप्त आरती करके, गाँवों की ओर निकल जाते थे। कभी शुक्ला जी साथ होते थे तो कभी संघ के निर्मल बाबू।

आश्रम में एक मंच बनाया गया, क्योंकि अब पीपल पेड़ के चबूतरे पर बैठ कर सबको सुना पाना मुश्किल हो रहा था। एक ऊँचा टीला जैसा मंच। इसकी सारी परिकल्पना स्वामी जी की बेटी संस्कृति ने की थी। जहाँ स्वामी जी और बाकी साधुगण बैठते वो जगह लगभग चार फीट ऊँची थी। ऊपर मंच की सज्जा पर नीचे, दो फीट की खिड़की भी थी। मंच के अंदर ही कमरा था, जो पीछे से खुलता था। लोग जो चढ़ावा देते, कुछ नीचे गिरता ही था। कुछ लुढ़क कर उस छोटी खिड़की से अंदर कमरे में जाता था। कमरा, चार गुना चार फीट की जगह थी, बस संस्कृति ने उसमें खरगोशों का घर बना दिया। उसके पास दो खरगोश थे, जिनका अजीब सा नाम था, टीन और टप्पर। उसके पीछे भी यही कहानी थी कि दोनो पूरे घर में उत्पात मचाते थे और संस्कृति की माता जी परेशान होती रहती। वो अक्सर कहती थीं, "इन्हें बाहर छोड़ा कर या जंगल में छोड़-आ।" पर संस्कृति उसे घर में ही रखती थी। एक बार माता जी ने खिन्न होकर कहा था "तू भी जंगल जा। ले जा

अपना टीन-टप्पर उठा कर। अब मैं कितनी सफाई करती रहूँगी?"
बस उसी दिन से संस्कृति ने अपने खरगोशों का नाम टीन और
टप्पर रख दिया। मंच के नीचे के चार चार फीट चौड़े कच्चे कमरे
में खरगोश बैठे रहते और जो प्रसाद मंच के नीचे से सरक कर उस
अंधेरे कमरे में पहुँचता, उस पर हाथ साफ कर लेते थे। लड्डू और
बूंदी खा-खाकर दोनों खरगोश अच्छे तंदुरुस्त हो गए थे। जो लोग
जल चढ़ाते, वो भी बहता हुआ अंदर पहुँचता था। हालाँकि उससे
होने वाले कीचड़ से खरगोश खुश नहीं थे, पर एक पूरा वातावरण
बना हुआ था, जो प्राकृतिक बिल जैसा ही था। जब संस्कृति आवाज
लगाती और हरी घास मंच के पीछे जाकर डालती थी तब टीन और
टप्पर कूदते हुए बाहर आ जाते थे। उन्हें भी संस्कृति की आवाज
की पहचान थी।

मंच के ऊपर स्वामी जी के साथ हमेशा कोई ना कोई गैर
आश्रमी भी होने लगा था। खबर यही थी कि हिंदू परिषद और
स्वयं सेवक संघ के साथ-साथ कई बुद्धिजीवी वहाँ आकर स्वामी
जी को परामर्श देते, उनसे सलाह लेते और अयोध्या में राम-राज
की रणनीति तय करते थे। कई बार जब वाद-विवाद और विवेचना
से स्वामी जी थक जाते तो आंगन में घास पर बैठते थे और
संस्कृति से बातें करते थे। वो अक्सर कहते थे, "तुम हमारी नाक
हो संस्कृति। मेरी अपनी संतान नहीं, पर तुम में मुझे अपना ही
जीवन नजर आता है। इस बूढ़े शरीर में थका हुआ जीवन मानो
तुम्हारे अंदर कुलांचे मार रहा हो। मैं तुम्हारा पिता हूँ- यही सत्य
है। और तुम मेरी राजकुमारी बेटी।" स्वामी जी उसे हर ज्ञान की
बात बताते थे ताकि वो एक समझदार और समाजउपयोगी महिला
बन सके। अयोध्या पर हो रही सामाजिक हलचल भी वो बताते थे,
मगर कुछ काट-छाँट कर।

"श्रीराम के जन्म स्थल को मुगल और बाहर से आए मुस्लिम
आक्रांताओं ने तहस-नहस कर दिया। प्रभु राम के मंदिर पर मस्जिद

बना दी। बाबर तो बस लुटेरा ही था, उससे हिंदूस्तान के लोगों का प्रेम ठीक नहीं। आप देश में लुटेरों की मस्जिदों पर भी श्रद्धा रखते हो, अजीब है यह।"

"पर बाबा, ऐसा करते ही क्यों हैं। मतलब, चोर, लुटेरों को तो हम लोग खुद ही पकड़ कर पुलिस में दे देते हैं, फिर बाबर से सद्भावना क्यों?"

"मूर्खता, बेटा दुनिया को चलाने के लिए मूर्खों की जरुरत होती है। ऐसे लोग, जो ज्यादा सवाल ना करें। अब अगर हर कोई नेता बन जाएगा तो आम जनता कौन होगी? आधों को बाबर हाजी लगता है, जिसने इस्लाम फैलाने में झंडे गाड़े, इसीलिए वो पूज्य है। बाकी आधों को कुछ भी नहीं पता कि बाबर क्या था, कौन था? उन्हें बस इतना पता है कि वहाँ किसी बाबर के नाम पर मस्जिद है जो हमें बचानी है।"

"फिर?" संस्कृति ने सादगी से पूछा।

"फिर क्या? बेटी, इतिहास को वर्तमान के तराजू में नहीं तौलना चाहिए, पर इतिहास की गलतियों को सुधारना अच्छा होता है, वरना वही इतिहास पलट-पलट कर बार-बार आता रहता है।"

"तो कैसे सुधारेंगे? मतलब, बल प्रयोग या न्यायपालिका?"

"बल प्रयोग तो देश में दंगे करवाना होगा। न्यायपालिका की रफ्तार बहुत धीमी है। कोई भी जज इस हिंदू-मुस्लिम के झंझट में नहीं पड़ना चाहता। हमें तो दबाव चाहिए। जनता का दबाव, सरकार पर। तभी काम होगा।"

"बाबा, ये जो इतने सारे लोग आश्रम आने लगे हैं, उनका भी यही एक मत है?"

"हाँ। प्रथम दृष्या तो उनकी भी यही इच्छा लगती है किंतु राजनैतिक आकांक्षाएँ भी हो सकती है। पर एक सत्य तो यह भी है कि सत्य के लिए खड़े होना धर्म है। हम कितने सालों और कितनी पीढ़ियों तक इसे नकारते रहेंगे। अयोध्या श्री राम की जन्मभूमि है और कोई भी बल-प्रयोग से उसे दूषित करेगा तो उसका शुद्धिकरण भी हम लोगों को ही करना है।"

"बाबा, मैंने सुना है कि सरकार को चिंता है..........कि हिंदू-मुस्लिम दंगे भड़क जाएँगे।"

नहीं। बिल्कुल नहीं। दंगे तब तक नहीं भड़केंगे, जब तक सरकार ना चाहे। बाबर मुसलमानों के लिए देवता नहीं था और श्रीराम हम सबके, मुसलमानों के भी, पूर्वज तो हैं ही। और परिणाम के डर से क्या हमारे पूर्वजों ने कभी धर्म का मार्ग छोड़ा है? हरिश्चंद्र ने परिणाम की चिंता की होती तो अपना राज-पाठ क्या साधु को दे देते? श्रीराम ने स्वंय परिणाम का सोचा होता तो क्या वन जाने को हाँ कर देते? बेटे, हम तो मंदिर बनाना चाहते हैं बाकी झेल लेंगे। बस यह नहीं चाहते कि इस प्रयास में समाज में दरार आए। आदमी के अंदर का राम जिंदा रहना चाहिए, वो उसे छोड़ ना जाए।"

संस्कृति अब बड़ी हो गई थी। वाद भी समझती थी और विवाद भी। उसे सम -सामयिक विषयों पर चर्चा अच्छी ही लगती थी। स्वामी जी के विचार पानी की तरह होते थे, मन को गीला करे पर दाग या रंग ना छोड़े। मन में ज्ञान जगाए और मन को आजाद करे, सोचने के लिए।

अगस्त का महिना गर्म था और शाम में चिड़ियों की कलरव, मानों पूरे दिन का बखान कर रही हो। एक आदमी ने आकर स्वामी जी के कान में कुछ कहा तो वो उठकर चले गए। संस्कृति ने उस आदमी से पूछा, "क्या हुआ भाई जी?"

"बड़े नेता जी का संदेश आया है। बाबा वहीं गए हैं।"

"बाबा तो नेताओं से दूर रहते हैं।"

"ये वाले, बड़े नेता हैं।"

पिछले एक महिने में अहिल्या आश्रम ने मेरठ और बरेली के लगभग दो सौ गाँवों को, बिहार के लगभग सत्तर और बंगाल के चार गाँवों को रथ यात्रा और कार सेवा के लिए जागरुक कर दिया था। आश्रम की पहुँच, पैसा और समाज के बुनियादी स्तर पर मौजूद संघ के समर्थकों की बदौलत सितम्बर 1990 तक गाँवों में माहौल तैयार था।

"राम की सेना" सज गई थी। इन सबमें स्वामी जी के पास राजनैतिक व गैर राजनैतिक हलचलें बढ़ गई थी। हर दिन कोई ना कोई मिलने आता और वो उसकी सुनते, उसे सुनाते। संस्कृति यह देखती तो कहीं ना कहीं डर भी जाती थी। उसे या आश्रम को ही इस तरह के लोगों की आदत नहीं थी। पर जो मेहमान आज आया था वो अलग था।

पुलिस महकमें का एक बड़ा अफसर अपनी गाड़ी से उतरा तो चार सिपाही पीछे सावधान खड़े हो गए। उसकी चाल में अकड़ भी थी और वो कहीं से भी आश्रम को ज्ञान-केन्द्र मानने वाला नहीं लग रहा था। आश्रम के दरवाजे पर पहुँच कर उसने साथ खड़े सिपाहियों को वहीं रुकने को कहा और अंदर आ गया। स्वामी जी ने उसे भी पास बिठाया।

"स्वामी जी, मेरा परिचय विक्रम सिंह है और मैं एस पी हूँ। मेरा काम समाज में शांति बनाना है। माहौल बिगड़ने नहीं देना है। इसीलिए मैं आपके पास आया हूँ।" उसकी भाषा भारी और चेतावनी वाली थी।

"शांति.............." स्वामी जी मुस्कुराए, "बहुत जरुरी है, एस पी महोदय। शांति और सदभाव तो शरीर का आभूषण है। आप उचित और उत्तम काम कर रहे हैं।"

"पर, आपका आश्रम, हमारी खबरों के हिसाब से माहौल-उपयुक्त काम नहीं कर रहा। सरकारी आदेश है कि आप लोग बेकार की जिद और झांसे में ना आएं। उत्तर-प्रदेश में शांति के लिए, जो जैसा है-वैसा ही रहना चाहिए। समझ रहे हैं ना आप?"

"आपका आशय राम मंदिर निर्माण के लिए है।" स्वामी जी ने आगंतुक की हामी का इंतजार किया। "लोकतंत्र में अगर आप चाहते हैं कि राम मंदिर बने, तो क्या तरीका होना चाहिए?"

"सरकार...........। इस काम के लिए सरकार है ना। आप सिर्फ अपनी जमीन पर घर बना सकते हैं, वो आपकी जमीन नहीं है।"

"मान्यवर, हम सरकार को ही मंदिर बनाने को कह रहे हैं। अकेले बोलने पर आवाज नहीं पहुँचेगी, समाज साथ बोले तो ठीक है ना। और अगर अलग -अलग आदमी की मांग पर मंदिर -मस्जिद बनने लगे, तो हर जगह अराजकता हो जाएगी। कायदे से, यह काम तो सरकार का है कि वो सबसे पूछे। पर वो नहीं पूछगी तो हम खुद ही बता दें, ऐसा भी उचित लगता है। लोकतंत्र तो यही है ना।"

"देखो स्वामी जी, हम तो सरकार के मुलाजिम हैं। उससे सवाल करना मेरे हिस्से का काम नहीं है। जो आदेश है, वो साफ है। गैर सामाजिक हरकतें आश्रम को बंद और लोगो को अंदर करवा सकती है।"

स्वामी जी ने विक्रम सिंह को मुस्कुरा कर देखा। "आप जिस सरकार के मुलाजिम हैं, वो जनता की सेवादार है। इस लहजे से जनता ज्यादा बड़ी हुई। विक्रम जी, आप सिर्फ एस.पी. नहीं हो, तीन रुप में हो। अगर समय हो तो बताऊँ?"

विक्रम सिंह ने हाँ में पलकें झपका दी। नजर और सिर सख्त ही रहे। "पहला रुप तो वो है जिसको धारण करके आप अंहकारी

हो चुके हैं। वो है आपका प्रोफेशनल रुप-एस पी का पद। उसके साथ आपने अपनी जिम्मेदारियों को दिल और दिमाग से उठा कर कंधे पर डाल लिया है। ना दिल अपनी चाहत समझ पा रहा है, ना दिमाग सही मालिक को पहचान पा रहा है। आप मुख्यमंत्री के सेवादार की तरह बर्ताव करते हैं जबकि आप पुलिस के प्रशासनिक अधिकारी चुने हुए काबिल इंसान और कानून व संविधान के प्रति निष्ठावान होने चाहिए। खैर हर कर्म की अपनी गति है, आज ना कल आप समझोगे। दूसरा रुप पारिवारिक है। आप अपनी पत्नी, बच्चे, सबके लिए राजा हो। उनके बीच आपकी इज्जत है और आप उन्हें रक्षित रखते हो। अगर कोई आपके बच्चे, या पत्नी या माँ-बाप को परेशान करे तो आप अपने पहले रुप को भी काम पर लगा दोगे, उसे सबक सिखलाओगे। पर यह प्यार अब संकीर्ण हो गया है। आप बाप तक तो रक्षा भाव रखते हो पर क्या दादा, परदादा पर भी आपका प्यार बचा है।" स्वामी जी रुके और प्रश्नवाचक निगाहों से विक्रम सिंह को देखा। विक्रम सिंह चुपचाप सुन रहे थे, जवाब देने की मंशा नजर नहीं आई। "नहीं होगा। पर होना चाहिए ना। मेरा है। श्रीराम के हम सब वंशज, हमारे पूर्वज किसी ना किसी रुप में उनसे जुड़े थे, सीधे रघुवंशी ना हों तो उनकी प्रजा या भक्त की तरह। ऐसे में श्रीराम टेंट में पड़े हैं और आप उसे विषय भी नहीं मान रहे, यह आपके दूसरे रुप का पतन है।"

विक्रम सिंह ने हल्की सी मुस्कुराहट से पूछा, "तीसरा भी बता दो स्वामी जी। जलील होना है तो तबीयत से हो जाऊँ।"

"तीसरा रुप तो अंदर है आपके विक्रम जी। एक सीधा, अकलुषित रुप वो होता है, जिसके साथ हम धरती पर आते हैं। वो अंदर दबा रहता है और हम अपने लालच, क्रोध, आमदनी, घमंड, रिश्ते........सबसे उसे ढकते रहते हैं। वो रुप हमारे पूर्व जन्म और परिवार के संस्कार का परिणाम होता है। आपका भी होगा। हमें

यदा-कदा अपने उस रुप को अपने जीवन का लेखा-जोखा देना चाहिए। वो सही बता देगा कि हमारा जीवन किधर जा रहा है।"

स्वामी जी चुप हुए तो शांति हो गई। कुछ पल के मौन के बाद विक्रम सिंह बोले, "स्वामी जी, सब सही है, पर वर्दी में तो मैं एस पी हूँ, यही रहूँगा। आपके आश्रम की रिपोर्ट अच्छी नहीं है। मौका है, सुधर जाइए, वरना बंद हो जाएगा। सरकार की ताकत का अंदाजा नहीं है आपको।"

"विक्रम जी, माननीय एस पी साहब," स्वामी जी मुस्कुराए, "अभी आधे लोग आश्रम संभालते हैं और आधे गाँव-गाँव में ज्ञान फैला रहे हैं। आप बंद कर दोगे तो सब के सब ज्ञान वितरण में लग जाएँगे। जो जीवन राम का नहीं, वो हमारे काम का नहीं।"

विक्रम सिंह ही आवाज भी इतनी बातों के बाद नर्म हो गई थी। स्वामी जी का मुस्कुराता चेहरा उस पर हावी हो गया। कुछ मिनटों तक शांत रहने के बाद उसने पूछा, "क्या बताऊँ ऊपर, बगावत है?"

स्वामी जी हँसे, "कह देना- नियतं कुरु कर्म त्वं कर्म, ज्यायो ह्कर्मणः।"

"मतलब?"

"सिंह जी तो यदुवंशी हैं। गीता तो पढ़ी ही होगी उन्होंने। समझ लेंगे।"

सितम्बर 1990 की शाम कम गर्म थी। वैसे भी सितम्बर का महीना, गर्मी से सर्दी की तरफ बढ़ने का संकेत होता था। जब तक सूरज दिखे, मौसम में गर्माहट और जैसे ही सूरज की रोशनी पीली से लालिमा की तरफ रुझान दिखलाना शुरु करे, मौसम खुशनुमा होने लगता था। चिड़ियाँ, चूहे, गाय, बकरी और मनुष्य, सब सूर्य की लालिमा का इंतजार करते और जब प्रकृति आवाज देती, तो घर से बाहर आ जाते। दोपहर की गर्मी तो छाया ढूंढने पर विवश करती थी। ऐसे में बाईस सितम्बर की शाम में अहिल्या आश्रम में अलग विचार गोष्ठी चल रही थी। स्वामी जी और आश्रम के लोगों के अलावा शुक्ला जी और संघ के चार लोग भी बैठे थे। हर कोई अपने अपने क्षेत्र का हिसाब दे रहा था। कितने गाँव साथ आयेंगे और कितनों ने वायदा दिया है। हर गाँव में एक स्थानीय व्यक्ति, सम्पर्क-सूत्र बनाया गया था। गाँव वालो तक खबर देना, योजना के लिए लोगों को लाना, सब उसका काम था।

सम्पर्क सूत्र के पास चार या पाँच गाँव के रसूखदार लोगों का संगठन था जो गाँव को बाँध कर रखते। इसी तरह लगभग 80-85 गाँव ऐसे हो गए जहाँ के लोग कार सेवा के लिए वचन दे चुके थे। जहाँ स्वामी जी ऐसे गाँवों की सूची बनाते, दूसरे लोग बता रहे थे कि कितने सच्चे मन से आ पाएँगे। संघ के लोगों की पहुँच जड़ तक थी। एक सज्जन ने कहा, "अस्सी गाँव को तो आप चालीस-पचास ही मानो। हर गाँव से बीस से तीस लोग आ जाएँगे, इतनी ही उम्मीद बनेगी।"

"अरे ऐसे कैसे?" भाई केशवराम जी बोले। "राम जी के नाम पर तो इतनी महिलाएँ व बच्चे आ जाएँगे।"

"ऐसा नहीं है भाई," उस आदमी ने बात जारी रखी, "पैसा, ईंट, लोहा हर कोई दे देगा, पर चलने को कम ही तैयार होंगे। उनके

दिमाग में पहला सवाल होता है कि मुझे क्या मिलेगा? दूसरा, मेरे जाए बगैर भी चल जाएगा? और तीसरा कि खतरा तो नहीं। अब इन तीनों सवालों को पार करके आने वाले कम ही होते हैं। फिर राम जी दिखते भी तो नहीं है?"

स्वामी जी ने पूछा, "फिर?"

"मंत्री जी भीड़ जोड़ लेंगे। आपने भूमिका बना दी अब बस मंत्री जी ने हुँकार भरनी है। आडवानी जी सरीखे नेता मैदान में हैं। लोग उनको सुनने को परेशान हैं। भीड़ अपने आप आ जाएगी।"

"कितने लोगों का लक्ष्य है?" भाई केशव राम ने पूछा।

"लाखों............।" जितने ज्यादा हों। उतने हों कि सैलाब लगे। सत्ता काँप जाए।

"सत्ता कांपने वाली कहाँ है? सिंह जी ने क्या कहा है," उत्तर प्रदेश में चिड़ियाँ भी पर नहीं मार सकती। "आसान नहीं होगा कि भीड़ जाए और मस्जिद तक पहुँच भी सके।"

हर कोई अपना मनतव्य रख रहा था। अचानक स्वामी जी ने पूछा- "हमारा लक्ष्य क्या है? अगर प्रतिरोध नहीं भी हुआ तो हम क्या करने वाले हैं? भीड़ मंदिर तो बना नहीं सकती, मस्जिद गिरा नहीं सकती। फिर?"

समूह में हर किसी की गर्दन विवेक शर्मा जी की तरफ घूम गई। वो संघ और हिंदू परिषद के बीच सामंजस्य भी संभाल रहे थे। शर्मा जी पतले, दुबले, अधेड़ उम्र के पुरुष थे, जिनके चेहरे पर शांति और चमक साथ-साथ विद्यमान थी। उन्होंने अपने दाहिने हाथ में सफेद रुमाल पकड़ रखा था, उसे उठाकर चेहरा पोंछते हुए बोले, "दबाव बनाना लक्ष्य है और क्या? हम राम मंदिर की जगह तक पहुँचेंगे और वहाँ रामलला की आरती करेंगे। वहाँ से अपार

भीड़ को संबोधित करेंगे और सत्ता को बता देंगे कि यहाँ मंदिर बनाना ही पड़ेगा। चाहे इसके लिए सरकारें बदलनी पड़े तो वही सही। फिर ईंट जमा कर रहें हैं। वो श्रीराम का नाम लिखकर वहीं रख देंगे, सांकेतिक। जब बाबर जैसे आक्रांता की मस्जिद हटाने में इतनी दिक्कत है सरकार को, तो हम भी तो देखे कि राम-नाम की ईंट कौन हटाता है?"

स्वामी जी ने हँस कर कहा, "सरकार बदलना लक्ष्य तो नहीं।"

"जो राम राज्य ला दे, जो मंदिर बना दे, हम उसके राजनैतिक गुलाम रहेंगे। देखिए स्वामी जी, संघ के सिद्धांत अटल और अलौकिक हैं।

हमें कोई बैर नहीं है, ना कांग्रेस से, ना समाजवादी पार्टी से! मगर उन सबको बैर है। फिर भी, मैं आपको आश्वस्त करता हूँ कि अगर सिंह जी मंदिर बनवा दें, मैं जिंदगी भर साइकिल पर ही श्रद्धा रखूँगा।"

स्वामी जी ने मुस्कुराकर विवाद खत्म किया, "सही है। आपके राजनैतिक झुकाव व राजनैतिक संरक्षण से हमारा कोई मनमुटाव नहीं। सबकी भक्ति का तरीका अलग है पर लक्ष्य एक। मंदिर के लिए दबाव बनाना उचित है और हम साथ हैं।"

"तो ठीक है।" एक जवान कार्यकर्ता उठ खड़ा हुआ, "तीस अक्टूबर को अयोध्या पहुँचना है। जितने आ सकें, जैसे आ सकें। अठाइस से ही कूच करना पड़ेगा। सरकार रोकेगी जरुर, पर पहुँचना है। यह मान कर निकलेंगे कि राम ने पुकारा है।"

26 अक्टूबर को सुबह ही जीवन राम जी चार और परिवारों के साथ, थैला उठा कर निकल पड़े। उनका काम था रास्ते के लोगों को अलग अलग रास्तों पर भेजना, ताकि पुलिस से बचते बचाते अयोध्या पहुँचा जा सके। बरेली होते हुए आगे बढ़ना था और बीच के लगभग चालीस गाँवों से मिलते हुए जाना था। आगे लखनऊ शहर से बचते हुए, अयोध्या पहुँचने की युक्ति थी। जीवन राम जी की राजदूत हवा से बात करती हुई कच्चे पक्के रास्तों से गाँव दर गाँव खंगालती जा रही थी। साथ चार और दो पहिया वाहन थे। अधिकतर गाँवों में पर्याप्त हलचल मौजूद थी। सरपंच या प्रधान या फिर गाँव का कोई भी नया नेता उन्हें मिल रहा था। बस पाँच मिनटों की बात हो रही थी और रास्तों के बारे में जानकारी साझा करते हुए जीवन राम जी, 27 अक्टूबर की शाम होते होते लखनऊ के नजदीक पहुँच गए। एक गाँव पर जब गाड़ी रुकी तो उस गाँव में कई कार सेवक दल मिल गए। संघ के आदमियों ने भी डेरा डाल रखा था और हर तरफ दबी-दबी हलचल थी। पर आगे का रास्ता बंद था। लखनऊ, बाराबंकी, उन्नाव, सब जगह पुलिस ही पुलिस। हर रास्ते पर चेकिंग, हर रास्ता बंद। पुलिस हर किसी को पूछती कि वो कहाँ से आ रहे हैं, कहाँ जा रहे हैं और क्यों जा रहे हैं। जवान आदमी तो मानो विदेशी हो गए हों। उन्हें तो वहीं से वापिस कर दिया जा रहा था। जीवन राम जी और उनके साथ लगभग सौ-सवा सौ लोग अपनी दुपहिया वाहनों पर बाराबंकी से पूरब की तरफ निकल पड़े। 28 की सुबह-सुबह, जब सूरज दिखना शुरु भी नहीं हुआ, काफिला ग्रामीण इलाकों से चलता हुआ हर तीस चालीस किलोमीटर पर रुकता। फिर एक जना अपनी राजदूत से दक्षिण जाने की कोशिश करता, पर सारे रास्ते बंद ही मिल रहे थे। वो वापिस आता और समूह को वही बात बताता था, "यहाँ से जाने का नहीं हो पाएगा।" फिर काफिला और पूरब की तरफ बढ़ जाता।

शाम होते होते सब राम नगर से आगे निकल आए, और सरयू के किनारे तक निराश होकर बैठ गए।

"अब?" एक ने पूछा।

"जाना तो है ही।" भीड़ से कई लोगों ने कहा।

भीड़ कभी वापिस जाने का सोचती तो कभी पुलिस से उलझने को। पर संघ के लोगों ने और जीवन राम जी ने कमान संभाल रखी थी। "अभी तो अयोध्या काफी दूर है, ऐसे उलझेंगे तो जेल ही पहुँचेंगे। थोड़ी देर में एक ने गाँव से आदमी पकड़ लिया, और नाव से सरयू पार करने की सलाह बनी।

"पर उस पार जाकर क्या करेंगे? अयोध्या उधर थोड़े ही है।" भीड़ परेशान थी।

"माता, बहनें लौट जाएं। हम लोग उसपार से गोंडा पहुँचेंगे और सुबह फिर से नदी पार करके अयोध्या।"

सरयू का पानी तेज धार में नहीं था पर इतना जरुर था कि पार करना आसान ना हो। फिर गोंडा से नाव लेनी होगी। खैर यही तय हुआ तो संघ के दो लोग और महिलाएँ व कई गाँव के बुजुर्ग सड़क रास्ते पर ही पुलिस से जिरह करने चल पड़े। जीवन राम और लगभग साठ-सत्तर लोग बारी-बारी से नाव पर बैठ कर उस पार उतरने लगे। शाम के धुंधले उजाले में सरयू का निर्मल जल उछल उछल कर नाव पर सवार लोगों को छू रहा था। उस पार कोई भी नहीं दिख रहा था। पर राम-काज के लिए तो हर चीज सही जा सकती थी।

गोंडा में रात, और वो भी सरयू के किनारे, सर्द थी। दूर तक आबादी नहीं, उन सबका काफिला नदी तट पर ठंढी रेत पर धीरे-धीरे चलता रहा। लगभग दो घंटे की पैदल यात्रा के बाद उन्हें

टमटम और रिक्शा मिल गया। जीवन राम ने टमटम चलाने वाले से वार्तालाप शुरु की, "यहाँ नहीं है पुलिस वगैरह?"

"काहे के लिए साहब?"

"मतलब अयोध्या जाने से रोकने वाले।" अचानक जीवन राम को याद आया और वो पूछ बैठा, "वैसे तुम्हारा नाम क्या है भाई?"

"जी दिनेश है।"

"हाँ, तो बताओ ना, वो अयोध्या में जो कल जमा हो रहे हैं, उसको रोक नहीं रही पुलिस?

"है साहब, शहर में तो है, पर गाँव में नहीं। कई तो हमारे गाँव से भी गए हैं। मेरा भाई भी गया है परसों का।"

"तुम नहीं गए?"

"अरे साहब, वो तो पगला है उसका क्या। मर्जी का मालिक है। ना घर में बीवी, ना सिर पर बच्चे। हमारा तो अपना जीवन उधारी पर है साहब। ऊपर से पुलिस का टंटा, नेता का टंटा।"

थोड़ी देर शांति के बाद जीवन राम फिर बोले, "हम लोग तो वहीं जा रहे हैं। अयोध्या।"

टम टम वाला चुप हो गया। अभी -अभी उसने पगला शब्द जोड़ दिया था। खैर तीन घंटो की यात्रा के बाद जीवन राम एक जगह पर पहुँचे जहाँ पहले ही कुछ लोग खड़े थे। कोई बाइक से आ गया तो किसी को ट्रेक्टर पर लिफ्ट मिल गई थी।

"आराम कर लो यहीं। सुबह पार करेंगे नदी।" एक ने घोषणा कर दी।

"इंतजाम?" जीवन राम ने संघ के आदमी से पूछा।

"नौका का इंतजाम देखने गए हैं लोग। कुछ ना कुछ तो हो ही जाएगा।"

अगले तीन-चार घंटो में जीवन राम सोते-जागते रहे। लोग आ जा रहे थे। जब सुबह के चार बजे, हल्का उजाला सुगबुगाने लगा तब वो भी उठकर बैठ गए। पूछने पर पता चला कि नाव आठ बजे तक आ जाएगी।

"आठ बजे?? फिर तो पहुँच चुके अयोध्या। एक बार लोग आने लगेंगे तो पुलिस हर रास्ते को बंद करने लगेगी। कोई उपाय नहीं है, जल्दी पार करने का?" जीवन राम जी ने निराशा से कहा।

"कोई भी खाली नहीं था। कोई भी सूरज निकलने के बाद ही मिलेगा। खतरा तो है, पर रास्ता?"

जीवन राम जी दो मिनट सोचते रहे, फिर बोले, "राम जी तक जाने का रास्ता कब सुगम हुआ है भाई। बीस-पच्चीस मीटर की नदी है, तैर जाते हैं।"

"करने लायक रास्ता बताओ बंधू।" एक ने पूछा।

"यही है। मेरा थैला ले आना, जब आ सको।" जीवन राम जी ने आगे बढ़कर सरयू में छलांग लगा दी।

जीवन राम, उपयुक्त ठाकुर, राजेश मिश्रा और आलोक वर्मा, ये चार लोग पहली खेप में सरयू पार करके दूसरी ओर पहुँच गए थे। ठंढा जल और शीतल हवा हाड कपा देने वाली थी पर अन्दर का जोश दिल को चला रहा था। अयोध्या की जमीन पर पहुँचना ही जोश के लिए काफी था। चारो चुपचाप चलते-चलते अयोध्या की गलियों में खो गए। उद्देश्य तो भीड़ का हिस्सा बनना था, ना कि बाबरी मस्जिद में छुपना। सुबह होने के साथ ही 30 अक्टूबर का दिन हलचल भरा होने लगा। दस बजे तक गली-गली में पुलिस खड़ी हो गई और हर गली में लोग राम जन्म भूमि की तरफ बढ़ते दिखने लगे। जीवन राम और बाकी तीनों भी भीड़ का हिस्सा हो गए। कोई राम - राम जपता तो हर कोई वही धुन गुनगुनाने लगता था। कुछ दुकानें खुलीं, पर जल्दी-जल्दी बंद भी होने लगी थी, मानों बस नाम को खोली हो। अचानक ही पुलिस बल हरकत में आया और सबको गली से धक्का देकर पीछे किया जाने लगा। राम-धुन की जगह लाउडस्पीकर पर चेतावनी सुनाई देने लगी, "शहर में भीड़ करना मना है। अपने अपने घर में जाएं।" अभी गलियाँ खाली कर दें।" पीछे लौटो आप लोग आगे नहीं जा सकते।"

भगदड़ का माहौल बना। जीवन राम और साथ के सारे लोग ही तेज कदमों से जन्मभूमि की दिशा में बढ़े पर कुछ कदमों पर ही पुलिस दल डंडा भांजते मिल गए! अफरा तफरी में वो लोग पीछे भागे। सारी दुकानें बंद थी, जो दो चार बची थी, उन्होंने भी सटर गिराने शुरु कर दिए। धक्कों के साथ मुड़ते खिसकते जीवन राम और उनके साथ के लोग जन्मभूमि से लगभग चार सौ मीटर दूर जमा हो रहे भीड़ का हिस्सा बन गए। पुलिस की मुस्तैदी ने एक अभेद दीवार भी बना दी थी। जीवन राम को संघ के पुराने साथी भी मिल गए। वो वापिस नाव से इस ओर आए थे और भीड़ के साथ अयोध्या तक पहुँच गए थे। बाहर की पुलिस भी अब जन्मभूमि के

चारों तरफ ही तैयार खड़ी थी। जीवन राम ने साथ वाले से पूछा, "अब?" उस आदमी ने निराशा से जवाब दिया, "इंतजार करो।"

"किसका?"

उसने कोई जवाब नहीं दिया। पीछे माईक और लाउडस्पीकर पर भजन और भाषण शुरु होने लगे। एक हूजूम आगे बढ़ता, पुलिस से उलझता, फिर धक्का -मुक्की होती और हुजूम पीछे लौट जाता।

लहरों की तरह वो बार-बार पुलिस से टकराते और पीछे चले जाते। जीवन राम ने एक घंटे बाद फिर पूछा, "कुछ होना है या बस यूँ ही, दूर से देखना है हमें?

"पुलिस प्रशासन भारी इंतजाम में है। क्या करें?"

"अरे, क्या चोरी करने आए हो? वो रही श्री राम की जगह, घुस जाओ।"

"वही कोशिश हो रही है ना।"

"और बात ना बनी तो?"

"तो पड़े रहेंगे यहीं।"

"पड़े रहना था तो मेरठ भी ठीक ही था। जीवन राम झल्ला कर पीछे मुड़ गए। उनके अंदर उन्माद था, आक्रोश था, मजबूरी की चुभन थी। अपना देश, अपनी पुलिस, अपने राम और फिर भी यह मजबूरी। वो लगभग दौड़कर एक ट्रैक्टर के पास पहुँचे। उस पर एक आदमी खड़ा, लाउड-स्पीकर पर चिल्ला रहा था, "सौगंध राम की खाते है।"

और भीड़ जवाब देती "हम मंदिर वहीं बनाएँगे। "जीवन राम ने आगे बढ़कर उस आदमी को प्रणाम किया और माईक -स्पीकर

हाथ से ले लिया, "जो जन्म नहीं है राम का, वो नहीं हमारे काम का।" भीड़ ने जोश से आवाजें भरीं।

"चढ़ जाओ ट्रैक्टर पर, घुस चलो जन्मभूमि में। किसका डर जब प्रभु हाथ के नीचे हो सर।"

वो कूद कर ड्राइवर सीट पर बैठे और ट्रैक्टर चल पड़ा। सामने की भीड़ यूँ हट गई, जैसे सूर्य-किरण से बादल। पुलिस ने सीटियाँ बजाई तो जीवन राम जी ने स्पीड़ बढ़ा दी। लाठी पटकी तो उन्होंने हार्न बजाया। जो अफरा तफरी गली में उनके साथ हुई थी, उससे ज्यादा अफरा-तफरी में पुलिस वाले ट्रैक्टर के आगे से कूद कर भागे। एक-दो ने लाठी फेंकी भी, पर ट्रैक्टर उस पुलिस की दीवार को तोड़कर सौ मीटर आगे आ गया। और पीछे से भीड़ भी, उत्साहित, चिल्लाती, अंदर भाग चली। पुलिस की लाउड-स्पीकर की चेतावनी उन्माद और उत्साह में दब गई। जीवन राम ट्रैक्टर छोड़ नीचे भागे-सरपट, राम जन्म भूमि की ओर। साथ में कई सारे लोग भी दौड़ पड़े।

जब पुलिस का घेरा एक जगह टूटा तो बाकी जगह भी चरमराने लगा। अफरातफरी में लाठियाँ चलनी शुरु हुईं और जिसे जिस ओर सुध हुई, वो उधर भागने लगा। जीवन राम और लगभग चार सौ लोग उस बाबरी मस्जिद की ढाँचे की तरफ भागे जहाँ श्रीराम लला थे। कुछ और भी तितर बितर हो गए। जीवन राम और साथ के लोगों पर पुलिस कर्मियों ने लाठियाँ फेंकी, पर बेअसर। गुंबद पर झंडा फहराना, यही लक्ष्य था। बीस और पुलिस वाले दौड़े और एक बार को लगा कि लक्ष्य अधूरा ही रह जाएगा। जीवन राम ने झंडा सबसे ऊपर चढ़ रहे को उछाला, "बंधू, इसे लगाना है। मैं पुलिस से निपटता हूँ।" और वो पुलिस वालों पर कूद गए। चार पुलिसवालों ने उन्हें पटक कर जमीन पर डाल दिया। कुछ लाठियाँ लगी, पर दर्द नहीं हुआ। उन्होंने आँखें खोल कर ऊपर देखने की

कोशिश की। कुछ झंडे जैसा लहराता दिख गया। और फिर गोलियों की आवाजें। जीवन राम ने होश का दामन छोड़ दिया।

30 अक्टूबर की यह सफलता कई मायनों में विफलता ही थी। चार या पाँच लोग ही गुम्बद पर चढ़ पाए। झंडा वहाँ से हटा दिया गया। कुछ लोग भगदड़ में मरे भी थे। सख्ती हुई, मुख्यमंत्री का आदेश था कि चिड़ियाँ भी पर ना मार सके, पर यहाँ चिड़ियाँ चोंच मार गई थी, सो पुलिस महकमा भी गालियाँ खाकर गर्म था और सबसे बड़ी बात, इसका समाज पर असर बस संतुलित ही था। कुछ समाचार पत्र इसे हिंदू उन्माद तो कुछ सुस्त प्रशासन मान रहे थे। राम जी के अलावा सब पर ध्यान दिया गया, सबकी विवेचना की गई थी। पर अयोध्या गर्म था। एक नवम्बर की जन सभा में मंथन हुआ कि हर बार ट्रैक्टर लेकर घुसा नहीं जा सकता और जीत तभी है, जब काफी सारे लोग वहाँ पहुँच पाएं, साथ लायी ईंट जमीन पर रख कर शिलान्यास कर दें। आगे तो सरकार झुकेगी। जीवन राम भी छोटी -मोटी चोट से ऊपर उठकर, अब समूह के प्रमुख लोगों में आ गए थे। हर कोई उन्हें भी सुनना चाहता था, उन्हें भी देखना चाहता था। सबने पूछा -"आप क्या कहते हो?"

"तीन काम हैं, जो करना चाहिए। पहला, पुलिस हटे या उन्हें भेद कर सब जन्मस्थल पहुँचें। दूसरा कि वहाँ बैठ कर सत्संग करें। अखंड-लगातार। लोग बदलते रहें पर राम गान चलता रहे। तीसरा कि ईंट हम लोग लेकर आए ही हैं, तत्कालीन मंदिर, छोटा सा, वहीं बना दें, एक बार बन गया तो फिर नहीं टूटेगा।"

विचार-गोष्ठी चलती रही और दो तारीख का पुनः प्रयास का निर्णय हुआ।

दिल्ली से भी कुछ नेतागण आए। कुछ साधु भी बढ़ गए। हुजूम फिर राम नाम का गान करते हुए जन्मभूमि की तरफ चल पड़ा।

सुबह ग्यारह बजते-बजते फिर से पुलिस और कार सेवक सामने आ गए। इस बार पुलिस-प्रशासन ज्यादा तैयारी के साथ मुस्तैद था। लाउड-स्पीकर पर बार-बार चेतावनी दी जा रही थी। साधु दल बार बार पुलिस प्रशासन को समझाने की कोशिश कर रहा था कि अंदर जाकर पूजा करना संवैधानिक है तो प्रशासन बार-बार सूचना दे रहा था कि "यहाँ भीड़ करना असंवैधानिक है।" इस बार ना तो ट्रैक्टर नजदीक था, ना ही मोटरसाइकिल। जगह जगह बांस से सड़कें बंद की गई थी। दो दिनों पहले जब नेता सिंघल जी को चोट लगी थी तब भीड़ उग्र हो गई थी। पर आज पुलिस समझदार थी, सख्त भी। अचानक अगली पंक्ति में खड़े साधुगण पुलिस वालों के पैरों को छूने की कोशिश करने लगे। पुलिसवालों ने इस अचानक हुए कार्य से घबरा कर अपना पैर वापिस खींचना शुरु कर दिया। फिर कोई पैरों पर गिरने लगा, कोई पैरों पर लेटने लगा और पुलिस का घेरा एक अजीब ऊहापोह में टूट गया। जैसे बरसात में जमा पानी मेढ़ टूटते ही धार बनकर गिरने लगता है और किनारों को और खरोंचता जाता है, उसी तरह भीड़ भी टूटे घेरे से अंदर बह चली। लाउडस्पीकर पर चेतावनी दी गई, लाठियाँ चली, आँसू गैस के गोले चले। हर चीज ने असर किया पर 4-5 हजार की भीड़ कम होते-होते भी सैकड़ों में पहुँची और गुम्बद पर चढ़ गई। ईंट और डंडो से गुम्बद पर खरोंचे डालनी शुरु कर दी। जब गुम्बद पर लोग उन्मुक्त दिखे तो गोलियों का भी आदेश हो गया। इस बार जीवन राम जी पीछे थे। पिछली चोट की वजह से वो चढ़ नहीं सकते थे। गोलियाँ चलीं तो जिसे जहाँ जगह मिली, भाग चला। पुलिस और प्रशासन के लिए यह दुहरी विफलता थी। अगले आधे घंटो में वो जगह खाली हो गई। बस कुछ टूटे फूटे जिंदा लोग और कुछ लाशें पड़ी थी। आदेश साफ था, इस कृत्य की सजा भयावह होनी चाहिए। इतनी कि लोग काम की चर्चा ना करके सजा की चर्चा करें। पुलिस, पागल शिकारी की तरह गलियों में फैल गई। जो भी, जहाँ मिला, पीटा गया। लाठियाँ बेतरतीब, ना

उम्र, ना वजह। गलियों में अफरा-तफरी थमी तो घरों पर दस्तक हुई और खींच-खींच कर लोग पीटे गए। कहीं-कहीं गोलियों की आवाजें भी आती रही। जीवन राम भी हनुमानगढ़ी की घुमावदार गलियों में तेज कदम चल रहे थे। दुकानें बंद, मकानों के दरवाजे बंद और सिर्फ आवाजें थी। आठ-दस लोग उनके साथ ही उस गली में थे। जो आगे भाग रहा था, वो मोड़ पर पकड़ा गया और डंड़ो से घायल हुआ। लोग दूसरी ओर भागे तो उधर से भी "पकड़ो" "मारो" की आवाजें थी। एक तो रास्ता नहीं, दूसरा उनके पैर की चोट। वो एक कटघरे के पीछे छिप गए। कुछ लोग बंद मकानों की छत पर चढ़ने की कोशिश करने लगे। तभी धमाके की आवाज आई और दो लड़के पुलिस की गोलियों का शिकार होकर नीचे गिर पड़े। जीवन राम जी होठो से चीख, पलकों से आँसू और हाथो से चक्कर खाते शरीर को संभाले, कटघरे के पीछे बुत की तरह खड़े रहे। वो गली तो अगले दस मिनटों में शांत हो गई पर दूसरी गलियों की चीख पुकार दोपहर दो बजे तक चलती रही। जीवन राम बाहर आए तो दो लाशें दिखी। अठारह-बीस साल के पतले-सजीले नवयुवकों की। "हे राम!!"

मुनसफा मुहल्ला अब एक नई पीढ़ी के साथ जोश में था। जहाँ फातिमा उम्र के फिसलन पर अपने आपको रोज थोड़ा ढीला छोड़ रही थी, जावेद मस्जिद को ही कर्मभूमि बना जी रहा था। दानिश में जोश था और अब्बा जैसा बनने का जुनून। फातिमा का अधिकतर समय बिस्तर पर बीतता था। वो डग डग करती हुई मस्जिद तक जाती पर उतनी ही ताकत होती थी कि वापिस आकर फिर लेट जाए। बीच रास्ते रुक कर बातें करना तो कब का छूट गया था। उम्मेद को आवाजें भी कम लगाती थी और जावेद की बेगम पर चिल्लाना भी कम हो गया था। मानो कुदरत ने कमरा खाली करने को कह दिया हो और वो सामान समेट रही हो।

जावेद मस्जिद में ज्यादा समय लगाते थे, पर ध्यान पूरे समाज पर होता था। मस्जिद के बाहर का बरामदा वो जगह थी, जहाँ खबरें आती, खबरें बनती और खबरें उड़ती थी। शाम की नमाज के बाद, अल्लाह की नजर से थोड़ा छिपने की कोशिश करते हुए, लोग वहाँ देश, दुनिया पर अपनी राय बताते थे। "पिछली सरकार ने सही शासन चलाया था।" यह सामान्य तर्क था। 1990 अक्टूबर की गोलीबारी "नेता जी" को "मुल्ला जी" बना गई। दो अक्टूबर को नेता जी ने बाबरी मस्जिद की रक्षा में कई साधुओं को गोली मरवा दी। उस समय समाचार पत्रों ने खबर दी, कोई बता रहा कि चालीस मर गए, तो कोई सौ से ज्यादा का दावा कर रहे। गोलियाँ सिर और छाती पर मारी गई, वो भी निहत्थों को। हिंदू समुदाय विलाप पर रहा पर मुस्लिम समुदाय को नेता जी का आसरा हो गया। उन्होंने साफ कह दिया था कि मस्जिद को खरोंच भी नहीं आएगी, और वादा निभाया। हालाँकि कुछ लोगों का तर्क यह भी था कि नेता जी ने मस्जिद और हिंदु परिषद के बीच दीवार खड़ी करने के बजाय मुसलमानो और हिंदुओं के बीच दीवार बना दी। पर जावेद की विचारधारा साफ थी, "हमें ऐसा ही नेता चाहिए।

अब और कैसे बताए कि मत आओ फैजाबाद। गोलियों के काम करोगे तो गोलियाँ ही मिलगी।" वो तो रथ यात्रा और आडवाणी जी का ही दोष मानता था।

"देशद्रोह -जैसी हरकतें हैं ये।"

पर कुछ लोग मानते थे चूँकि बिहार में मुख्यमंत्री ने आडवाणी जी को हिरासत में लेकर अपना लोहा मनवा लिया, यहाँ नेता जी को भी तो वोट चाहिए थे। खैर तर्क चले, राजनीति हुई, पर 1991 का चुनाव कार सेवा के उन्माद और अयोध्या के गोली कांड से मुड़ गया। नेता जी "मुल्ला" का तमगा लेकर भी हार गए और प्रदेश को नया, हिंदू मुख्यमंत्री मिल गया।

जावेद इस पर नाराज था। धार्मिक गुटबाजी उसे अपनी तो पंसद थी, पर दूसरों की नहीं। वो इसे पूरे समुदाय की हार और जलालत मानता था। ऐसे में जब खबर आई कि अयोध्या में कुछ बड़ा हो सकता है, तो वो बैचेन हो गया। मौलवी साहब ने यह भी बताया कि दंगे हो सकते हैं, अगर किसी ने बाबरी मस्जिद को हाथ भी लगाया तो। जावेद ने शाम की नमाज के बाद दानिश को घर भेजा और अपने रोज के साथियों से बातें करने लगा। उसने मौलवी जी का संदेश बताया और अपने अरमान भी।

"बाबरी मस्जिद, है तो मस्जिद ही। बाबर का नाम लेकर उसे हटा नहीं सकते। बाबर वैसे भी हाजी था। कौम को हर ओर फैलाने वाला था। हमारा अजीज था। इतिहास में पीछे मुड़कर हिसाब करोगे तो कौन तय करेगा कि कितना पीछे जाना है? मोटी बात यह है कि अगर मस्जिद पर खरोंच भी आई तो हमें चुप नहीं बैठना।"

लोगो ने भी अपनी सहमति रखी।

"मुहल्ला बचाना है और दूसरों पर ऐसा कहर बरपाना है कि आने वाली पीढ़ियाँ भी ऐसी हिमाकत ना करे।"

लोग कहर बरपाने से कतरा रहे थे। "जावेद मियाँ! सरकार को आगाह कर दे तो भी काम हो जाएगा। और नेता जी से मिल लेते हैं। दंगे फसाद से क्या मिलना।"

"मुहब्बत से हो जाए, तो हमें क्या गुरेज है। पर सरकार में अब नेता जी नहीं है।"

बातें चली और मुनसफा मुहल्ले का माहौल गरमा गई। एक बात यह भी उठी कि खबर नकली हुई तो। फिर पता नहीं कि खबर है क्या? क्या बड़ा होगा?

जावेद ने मस्जिद की दीवार से लगाकर ईंट, पत्थर, डंडे रखवा दिए। कुछ लोगों को अजीब लगा और एतराज भी हुआ, पर जावेद को पक्का यकीन था कि वक्त पलट सकता है। "अगर हमला हुआ तो? तब डंडा देखते फिरोगे? ये कुछ -कुछ गड़बड़ चल रहा है और उसकी झांस हम तक भी आनी है। अपनी गली, अपना घर तो महफूज रखना ही है ना।"

दानिश भी अपने अब्बा के साथ हो सकने वाले बुरे वक्त की तैयारी कर रहा था। नुकीले पत्थर और सख्त लकड़ी ही उस समय के हथियार थे। पहले दीवार के किनारे जमावरा हुआ, फिर मस्जिद के अंदर भी लाठी, डंडे जमा होने लगे। कुछ दिनों के बाद बोतलों में पेट्रोल भरकर और ढक्कन में छेदकर के कपड़ा ठूंस कर बनाए हुए पेट्रोल बम भी रखे जाने लगे। जावेद से मिलने-जुलने वालों का किरदार भी बदलने लगा था।

"फैजाबाद के बुरे हाल हैं," आए हुए आदमी ने कहा, "लोग ऐसे जमा हो रहे हैं मानो शहद पर मक्खी। दुनिया भर के लोग, आकर मानो बस गए हों।"

"प्रशासन?"

"पुलिस भी जमा है। हर गली में लोग ही लोग और हर गली के छोर पर पुलिस। मस्जिद के चारों तरफ बांस लगा कर रखा है। लगता तो नहीं कि कुछ कर पाएंगे।"

"क्या पता?" जावेद ने गहरी सोच के साथ कहा। "अब नेता जी मुख्यमंत्री नहीं हैं और नए वाले का सबको ही पता है। ऐसे में क्या रहेगा, कुछ नहीं पता। छह दिसम्बर को फैजाबाद में बड़े-बड़े नेताओं ने पूजा की घोषणा की है।" जावेद को कई बार यह लगता भी था कि पूजा कर लें, क्या फर्क पड़ना है। उल्टा अगर हिंदू वहाँ पूजा कर लेंगे तो मुस्लिम नमाज भी पढ़ लेंगे। अभी तो दोनो बंद था। और ऊपर से, अगर पूजा हुई तो मंदिर तो है नहीं, नमाज हुई तो मस्जिद तो है ही, ज्यादा कारगर तो नमाज ही होगी। पर यह चिंता भी होती थी कि इंसानी फितरत अंगुली पकड़ कर सिर पर नाचने की होती है। "आज पूजा करेंगे, कल जमीन कब्जा लेंगे, परसों मंदिर बनाने की जिद करेंगे। अब ऐसे खड्डा खोदो तो हर जगह मूर्ति निकल ही आएगी। फिर क्या, घर भी कब्जा लोगे?"

दानिश भी धीरे-धीरे अब्बा की बातों का अपने अन्दर बो रहा था। कौम की हिफाजत, कुनबे की हिफाजत, कुरान की हिफाजत और आने वाले कल की हिफाजत, हर नुस्खे पर मेहनत चाहिए, कुर्बानी चाहिए। बस यही सोचकर जावेद ने दानिश को भी अपने गुट में शामिल कर लिया था।

स्वामी जी इस बार जोश में नहीं थे। 1990 में हुए गोलीकांड और उसके बाद की राजनैतिक उदासीनता उन्हें अंदर तक हिला गई थी। जीवन राम तो पैर और सिर पर पट्टी बांधे आ गए थे पर स्वामी जी के दो साधु मित्र गोलियों का शिकार हो गए थे। उस प्रकरण के बाद, अप्रैल 1991 तक सन्नाटा ही रहा। नेताओं की बयानबाजी हुई पर जनता का जागरण तो नहीं दिखा। अप्रैल में हुई स्मरण सम्मेलन भी राजनैतिक ज्यादा था। मुद्दा जिंदा रहे, मुर्दे तो जिंदा हो नहीं सकते। इस पर जब सितम्बर से ही जीवन राम और दो अन्य सहचर अयोध्या में प्रस्तावित 6 दिसम्बर की पूजा -अर्चना में जाने की जिद पर थे, स्वामी जी खुश नहीं थे।

"राम की सेना में रहो, पार्टी की सेना ना बनो।"

पर जीवन राम को 1990 का अनुभव था। बाद में कई दोस्त भी बन गए थे। पहले संघ की विचारधारा से स्वामी जी थोड़े असहज थे, पर जीवन राम तो हिंदू - परिषद् को भी साथी मानते थे।

"गुरुजी राज्य चलानी की नीति ही तो राजनीति है। हम लोग अलग-अलग सिर्फ अफसोस कर सकते हैं। नेता रहेगा तो हुँकार भरेंगे। फिर अगर हर कोई ऐसे सोचेगा, तब तो एक दिन यहाँ भी मस्जिद ही बनेगी।"

"जीवन राम, समाज में सुधार, कल्याण व सुचारु चलाने के लिए भी, इतना कुछ है, वो करो। सेवा करो, रोजगार के अवसर बनाओ, सफाई बताओ, धर्म बताओ। पर नेताओं के पीछे-पीछे सेवा नहीं जाएगी।"

"गुरुजी, वो लोग सामान्य नेता नहीं है। अरे उनके पास अपने सुख के लिए क्या नहीं होता है, फिर भी रामधुन में लाठियाँ खाने,

हवालात जाने के लिए जमा हो रहे हैं। आप मिल कर तो देखिए, क्या पता प्रभु रुप हों।"

हर बहस के साथ जीवन राम पर स्वामी जी का प्रभाव कम होता गया। उन्होंने अंत में यह कह दिया, "गुरुजी, राम जी के काम को तो मैं अपना जीवन छोड़ कर भी जाऊँगा। जो राम का नहीं वो मेरे काम का नहीं। अगर आप आशीर्वाद देकर भेजोगे, तो खुश होकर जाऊँगा। अगर नहीं दोगे, तो दुखी होकर जाऊँगा।"

स्वामी जी ने वरिष्ठता का परिचय देते हुए कहा, "मेरा आशीर्वाद तो तुम्हारे साथ है ही जीवन राम। जब खास करके, खतरे और फिसलन भरी राह में जाओगे, तब तो दोगुना आशीष दूँगा। वहाँ ज्यादा जरुरत रहेगी।"

यह बहस तो खत्म हो गई थी पर स्वामी जी ने बाकियों को भी टोकना बंद कर दिया। नतीजन छः-सात सेवादार भी जीवन राम के साथ जुड़ गए। आश्रम में जीवन राम और प्रभु श्रीराम एक तरफ दिखने लगे, बाकी दूसरी तरफ। केशव राम जी इस प्रगति से नाखुश थे। वो आश्रम में इस तरह जीवन राम की तरफ लोगों का झुकाव उचित नहीं मानते थे। पर वो इसका दोषी जीवन राम से ज्यादा गुरु जी को ही मानते थे। "नीति स्पष्ट ना हो, तो यही होता है। सबको साथ लेकर चलना है, ना कि सब अलग दिशाओं में आजाद चलें। नदी बननी है तो साथ रहना पड़ेगा वरना बरसाती नाले ही हैं हम लोग।" कहे, अनकहे संदेश स्वामी जी तक आ ही जाते थे। वो सुनते, पर प्रत्यक्ष जवाब नहीं देते थे। दो सालों से उनके पद छोड़ने की बातें चल रही थी और इन कही-सुनी शिकायतों से उनका मोह और भंग हो रहा था। ऐसे में उनका मन सिर्फ संस्कृति ही लगा सकती थी। बेटी के पास वो चाबी होती है जो पिता को शिकन के पिंजड़े से आजाद करके सुकून के आसमान में भेज सके। प्यार और अपनापन जितना इस रिश्ते में होता है, उतना माँ-बेटे में भी नहीं। स्वामी जी अक्सर कहते

भी थे कि आखिरी शैया पर दो ही चीजें चाहिए, सिरहाने में बेटी बैठी हो, उनका सिर सहलाते हुए और नजर के सामने राम की मूर्ति रहे।

"बाबा, आश्रम में वो शांति नहीं लगती। कुछ बेचैनी है।" संस्कृति खुलकर बुरा नहीं बोल पाती थी।

"हूँ" स्वामी जी ने अपने सामने बैठी संस्कृति को गौर से देखा। पैदा चाहे किसी और परिवार में हुई हो, नाक, आँखें, भाव, विचार, सब अपने से लगते थे।

"आप चाहें तो सब ठीक कर सकते हैं। है ना?" संस्कृति का प्रश्न, अपने आपसे ही था। आश्रम की जमीन स्वामी जी की, नाम स्वामी जी का, काम स्वामी जी का.....फिर इतना क्यों सुनना। पर पिता को सलाह देना, पिता से जिद करने से भी कठिन था।

"चीजों को ठीक करने का जिम्मा मेरा नहीं है।" स्वामी जी हँसे, "प्रकृति का है। मैं पर्दा डाल सकता हूँ।" कुछ क्षणों के मौन के बाद वो फिर बोले "मैं टोक दूँगा तो सब मन में विचार पोषण करते हुए, बाहर से सामान्य हो जाएँगे। पर ध्यान रहे, विचार सबसे ताकतवर होते हैं और खास कर जो दिलो-दिमाग में पोषित हो रहे हों। वो विचार अंदर से इंसान को बदल रहे होते हैं और जब बाहर आते हैं तो पोषित विकराल, निर्भीक और कुतार्किक हो चुके होते हैं। इसीलिए मेरा टोकना उचित नहीं। वो लोग जब खुद समझेंगे, तब अपने आप ठीक हो जाएँगे।"

"बाबा, वो ना सुधरे तो?"

"तो मैं मान लूँगा कि आश्रम उन्हें सही शिक्षा नहीं दे पाया।"

कुछ क्षणों का मौन रहा, फिर संस्कृति ने अपनी अनबुझी समझ से पूछा- "बाबा, राम जी ने रावण को खुद सुधरने का मौका क्यों नहीं दिया?"

"दिया था" स्वामी जी मुस्कुराए, "पर वो सुधरा ही नहीं।"

"यही तो बात है पिता जी, कब तक इंतजार करना चाहिए? और इंतजार की महानता में सीता जी के कष्ट का हिसाब? राम जी का संयम और पराक्रम सीता जी के इंतजार को लम्बा नहीं कर गया?"

स्वामी जी मुस्कुरा उठे। बेटी समझदार और तार्किक हो गई थी।

"वो कीमत थी मर्यादा पुरुषोत्तम कहलाने की। खैर, इतिहास का आंकलन वर्तमान में करना उचित नहीं। अहिल्या आश्रम पर मेरी मंशा तो यह है कि कोई नया गद्दी सम्हाले और नई दिशा दे। नई प्रगति हो, नए समाज का निर्माण हो। और जब सबकुछ नया चाहिए तो विचार, तरीका, संसाधन भी नए चाहिए ना। मैं पुराना हो चुका हूँ ना। मैं पुराना हो चुका हूँ- यह सत्य है। और दूसरी सच्चाई यह भी है कि मुझे आज नहीं कल इस मोहपाश से हटना ही है। जब तक मैं अलग होने की नहीं सोचूँगा, अलग होने के कर्म नहीं करूँगा, यह मोह-पाश अचानक व अपने आप गायब नहीं होगा। मैं सलाह दे रहा हूँ क्योंकि अभी जिम्मेदारी है और वो कर्म है। जल्द ही किसी सुयोग्य को सारी जिम्मेदारी सौंप दूँगा, फिर तो सलाह देने की भी जरुरत नहीं रहेगी।"

संस्कृति इन विचारों से असहज थी। "बाबा, कैसे होगा चुनाव। अगर आश्रम के लोग मिल कर चुनेंगे, तब तो यह गुटबाजी और बढ़ेगी। आप चुनेंगे तो बेहतर होगा। पर किसको चुनेंगे? हर कोई तो इस तरह बर्ताव कर रहे हैं जैसे आश्रम प्यार की जगह बल से चलाया जाए।"

"ऐसा नहीं है बेटी। क्षणिक आवेश, इंसानी प्रवृति होती है। यह उतना ही सत्य है, जितना जीवन। जो जीवित है, वो आवेशित

भी होगा। पर सुपात्र वो है जो अपने प्राप्ति से ज्यादा, अपना दान दिखा सके, सुख की कामना ना करे, दुख खुद ले सके। वक्त आएगा तो आश्रम को वही मिलेगा जो श्रेष्ठ हो।"

संस्कृति ने अपने बूढ़े बाबा की तरफ देखा। झुर्रियाँ आँखों के चारों तरफ शिकंजा बना रही थी और बाल ज्यादातर सफेद थे। बाबा के चेहरे पर चमक था पर बुढ़ापे कर रुखापन भी छा रहा था। आदमी अपनी उम्र को मन से स्वीकार कर ले, यह भी ज्ञान प्राप्ति जैसा ही संतोषजनक होता है।

"बाबा, जब भी आप सन्यास लोगे, तो क्या आश्रम की चिंता छोड़ दोगे? मतलब, अगर आश्रम में समस्याएँ आई, शांति चली गई, तब भी?"

स्वामी जी मुस्कुराए, "सन्यास का मतलब तो यही है बेटी, कि उससे अलग हो जाना। मन से भी, दृष्टि से भी और कर्म से भी।"

"और अगर मदद की जरुरत हुई तब भी आप मना कर दोगे?"

स्वामी जी चुप हो गए। सिर हाँ में हिलाया। फिर कुछ क्षणों के बाद बोले, "सलाह दूँगा, पर दखल नहीं करूँगा। पर मेरी जरुरत नहीं पड़ेगी। बेटी, नारियल का पेड़ देखो। पत्ती जो बूढ़ी हो गई, वो नीचे होकर नई पत्तियों को जगह देती है। नई पत्तियाँ कोमल होती है, पर वो सीखकर युवा और शानदार हो ही जाती हैं। फिर बूढ़ी पत्तियाँ पेड़ छोड़ कर, झड़ कर, गिर जाती है। अब वो ना तो नई पत्ती को सलाह दे रही होती, ना टोक-टाक कर रही होती है। फिर भी नई पत्ती उसी रास्ते चलेगी। बड़ी होकर, नीचे आएगी, फिर पीली होकर झड़ जाएगी। यह बताने से नहीं आया, देख-देखकर सीख लिया गया है। प्रकृति पर भरोसा रखो। यह आश्रम मेरा नहीं है, प्रकृति का है, उसी का रहेगा। यह शरीर भी मेरा नहीं है, प्रकृति

का ही है, हम सब प्रकृति के खेल में किरदार हैं। सो, प्रकृति चिंता कर लेगी।"

"पर बाबा, सिर्फ किरदार ही नहीं भागी दार भी तो हैं। मदद लेते हैं, मिल कर काम करते हैं तभी समाज बना है। अब मुझे ही कुछ जरुरत लगे तो मैं आपसे कहूँगी ना, प्रकृति से क्या कहूँ?"

"प्रकृति से कहो। जब तक मैं हूँ, मैं भी प्रकृति का मोहरा हूँ। मैं ना होवूं तो भी प्रकृति से कहो। वो जवाब देगी।"

"जवाब देगी?"

"हाँ। जरुर देगी। चाहे तुम्हारे दिमाग में विचार बनाकर दे या पत्तों से इशारा करके। जब आप योगी होते हो, तो जवाब पढ़ना सीख जाते हो।"

स्वामी जी के आग्रह पर सरयू राम भी जीवन राम के साथ गए। हालाँकि सरयू राम अयोध्या मसले पर खुश नहीं थे। वो मन के राम, मन में राम कहने वाले भक्त थे और इस हल्ले हंगामे से दूर रहना चाहते थे। शायद यही वजह थी कि स्वामी जी उन्हें साथ भेज रहे थे। "जीवन राम को अभी तुम्हारे प्यार और संयम की आवश्यकता है। मैं अहिल्या आश्रम को सेवा आश्रम ही रहने देना चाहता हूँ, राजनैतिक अड्डा नहीं बनाना चाहता। आप रहेंगे तो सुकून रहेगा। वो राम काज करे पर निस्वार्थ करे।"

चार और सेवादारों के साथ जीवन राम और सरयू राम जी इस बार बिना ज्यादा रोक टोक के अयोध्या पहुँच गए। पाँच दिसम्बर को सूर्यास्त के बाद इतनी ठंढ़ होने लगी थी कि पतली कम्बल ओढ़ कर आग के पास बैठा जाए। अयोध्या की गलियाँ भरी हुई थी। हर तरफ लोग, हर दरवाजे, सीढ़ी, गली, हर तरफ लोग ही लोग। हर बंद दुकान के आगे कोई ना कोई चादर बिछा कर सोने की कोशिश कर रहा था और हर गली के मोड़ पर आग के चारों तरफ गोष्ठी चल रही थी। कहीं सन्यासी लोग भजन गा रहे थे तो कहीं महिलाएँ अपनी बातों में लीन थी। पर इतना ही नहीं, हर पचास -सौ कदम पर दो-तीन पुलिसवाले भी थे, जो भीड़ से अलग तेवर में नहीं दिख रहे थे। जो चाय गोष्ठी की तरफ बढ़ रही थी, वही पुलिस वालों को भी मिल रही थी। ऐसे में एक अंगीठी के पास जीवन राम और सरयू राम ने भी जगह बना ली।

"यहाँ तो काफी भीड़ जमा हो गई है। ऐसे में सरकार पर दबाव तो काफी रहेगा। क्या कहते हो भाई, बनेगा राम मंदिर?" सरयू राम ने बात शुरु की।

"बनेगा तो सही भाई। चाहे प्यार से बने या तलवार से बने।" जीवन राम ने आग की ओर देखते हुए कहा।

"भक्ति से ही बनना उचित है। भक्ति अर्जित की जाती है, निर्दोष होना पड़ता है। तलवार तो कोई भी उठा लेगा। आज हम तलवार से मंदिर बना दें, कल कोई और तलवार से मस्जिद बना देगा। यह तो गलत होगा ना?"

जीवन राम जी बैठे-बैठे उत्साह से उछल पड़े, "यह बात तो मैं भी कह रहा हूँ। बाबर के सेनापति ने तलवार के बल पर राम मंदिर गिरा कर मस्जिद बना दी- गलत किया ना! अब गलती का सुधार तो जरुरी है। जो कि उसने तब साधुओं से आग्रह करके मंदिर तोड़ा होता, तो अलग बात थी। जब तब गलत तलवार चली तो आज उसे सही करने के लिए तलवार उठाना कहाँ गलत है?"

सरयू राम जी मुस्कुराए, "मेरे भाई, राम मंदिर बनना तो हमारा सपना है। कोई मुझसे जान भी मांग ले तो मैं इस मंदिर के लिए दे दूँ, पर जान ले नहीं सकता। प्रभु ने संयम से सत्य पर चलने की सीख दी है। संयम रखेंगे और सत्यता रखेंगे तो रास्ता बनेगा। कल की क्या योजना है?"

"संयम ही है।" जीवन राम जी हँसे, "जन्मस्थली पर पूजा और भजन है। बस वहीं समाधि रमा कर बैठेंगे। ढोल बजाएँगे, इतना बजाएँगे, कि दिल्ली तक आवाज जाए।"

"और ना गई तो?" पीछे खड़े एक आदमी ने बीच में टोका तो बरबस दोनो की नजर पीछे मुड़ गई। चालीस साल का अधेड़ सा आदमी, जिसके सिर पर सफेदी और गालों पर कालापन था, वहाँ खड़ा था। नजर मिलते ही जीवन राम जी खड़े हो गए और उनका चेहरा चमक गया।

"अरे सर, आप यहीं मिल गए।"

"राम का बुलावा है।" उस आदमी ने आँखों के इशारे से सरयूराम के बारे में पूछा।

"ये हमारे आश्रम से बड़े भैया हैं, सरयू राम जी। भैया, ये महानुभाव संदीप साहा जी हैं, हिंदू परिषद् में गणमान्य हैं।"

सरयू राम जी ने बैठे-बैठे ही उन्हें नमस्ते किया। उन्होंने बैठने का इशारा किया पर साहा जी थोड़े व्यस्त दिखे। वो जीवन राम के थोड़ा किनारे ले गए और दोनो में बातें होने लगी। लगभग दो मिनटों के बाद जीवन राम जी वापिस आकर बैठ गए।

"क्या हुआ? क्या कह रहे हैं वो?"

"कुछ खास नहीं। आश्रम का हाल-चाल पूछ रहे थे।"

"आश्रम के लिए, अकेले क्यों बुलाएंगे?"

"अरे भैया, वो चाहते हैं कि हम लोग स्थानीय राजनीति में आएँ, राज्य के स्तर पर समाज का नेतृत्व करें।"

"राजनीति तो दलदल है जीवन भाई। हम सेवादार हैं, संत हैं। हमारे मतलब का नहीं।"

"देश तो अपना है ना भैया। आनन्दमठ नहीं पढ़ी आपने? या तो हम जाएँ या हमसे श्रेष्ठ देश चलाए। निकृष्ठ लोगों के हाथ में बागडोर छोड़ना उचित नहीं।"

"उचित है। मैं श्रेष्ठ लोगों के राजनीति में जाने के खिलाफ नहीं। पर योगी अगर नेता बन जाए, लोहार अगर सुनार का काम संभाल ले और किसान अगर सिपाही की जगह खड़ा हो जाए तो उचित नहीं है। मुझे अगर राजनीति में जाना है तो आश्रम छोड़ कर, समाज में जाकर सेवा करनी होगी।"

जीवन राम जोश से बोले, "राम जी सन्यासी नहीं हुए भैया? चौदह साल वन में रहे और बाद में राम राज भी तो किया ना। यह हमारा मानसिक बंधन है जो हमने अपने चारों तरफ मकड़-जाल

की तरह बुन रखा है। आप देखना, योगी मंत्री भी बनेंगे, लोहार सोना भी तराशेगा और किसान बंदूक भी उठाएँगे। वक्त को रुकना नहीं है, ना राजा के लिए, ना रंक के लिए। अगर फौजी भाग गए तो क्या होगा, कुछ नहीं, किसान हथियार उठा लेगा। मैं साधु हूँ, कर्म से, धर्म से और अगर मौका मिला तो मैं राज्य की राजनीति अहिल्या आश्रम के इशारे पर चलाऊँगा।"

सरयू राम ने हँस कर अपनी आपत्ति दबा दी, "सही है। क्या पता तुम मुख्यमंत्री हो जाओ। तुमसे जिरह सुरक्षित नहीं। खैर यह बताओ कि कल कितने बजे जन्म-स्थान की तरफ चलना है?"

"भैया नींद आ रही है?"

"तुम्हारी तरह जोश नहीं है ना। अब सोने का कोई इंतजाम है क्या?"

"है ना। जीवन राम ने सरयूराम को एक बंद पड़े होटल में ले गए। बेंच लगी थी। वहीं चादर -कंबल में लिपट कर सरयू राम सो गए।

6 दिसम्बर को सुबह दस बजे हजारों की भीड़ राम जन्मभूमि के पास जमा होने लगी। देखते ही देखते, भीड़ बढ़ती गई। हर गली, हर रास्ता लोगों से भर गया। पुलिस भी मुस्तैद थी पर बढ़ता जन सैलाब पुलिस की तुलना में कई गुना था। लगभग 10:30 बजे, लाउड स्पीकर पर भाषण शुरु हुआ। एक आवाज आडवाणी जी की आती, पीछे पीछे भीड़ की जोशीली आवाज गूंज उठती। जब भाषण खत्म हुआ तब भीड़ से आवाज आई, "सौगंध राम की खाते हैं" और चित्कार उठा, "मंदिर वहीं बनाएंगे।"

भीड़ एक झोंके की तरह हिल रही थी। सरयू राम भी भीड़ का हिस्सा थे। जीवन राम तो कब के उनके सानिध्य से दूर, गायब हो चुके थे। लगभग बीस मिनटों के बाद नेता गण राम कथा केंद्र की ओर बढ़े पर भीड़ मानो उबल रही थी। रह रह कर नारे और हुँकार हवा में गर्मी भर रहे थे।

अचानक दोपहर 12 बजे एक हुजूम सा चला और एक युवा पुलिस की कमजोर परिधि को तोड़ कर मस्जिद के गुबंद पर जा चढ़ा। शोर हुआ- "जय श्री राम"

पुलिस बच्चे की तरफ मुड़ी तो भीड़ की टकराती लहरों को किनारा कमजोर मिला। अगले दस मिनटों में अफरा-तफरी का भयानक माहौल हो गया। लगभग पाँच हजार लोग मस्जिद के आस पास पहुँच गए थे। जो जिस भी गली में था, मानो गुम्बदों की तरफ खिंच रहा हो। शोर इतना कि लाउड-स्पीकर भी कम लगे, भीड़ इतनी कि जगह खाली ना दिखे और उन्माद इतना कि हवा भी केसरिया लगने लगे। लाउड-स्पीकर पर नेताओं की अपील आने लगी, "गुम्बद पर ना चढ़ें, वहाँ से दूर हो जाएँ।" पर उन्माद राम के लिए था, नेताओं के लिए नहीं। पुलिस प्रशासन भी हतप्रभ और

हताश था। उनके प्रमुख ने और दल-बल मांगे थे पर जवाब साफ था, "गोली नहीं चलेगी। चाहे कुछ भी हो जाए।"

सरयू राम भी भीड़ के साथ गुम्बद के ठीक नीचे पहुँच गए थे। उनकी निगाहें जीवन राम को ढूंढ रही थी। दूसरे गुम्बद पर लोहे के सरिये से प्रहार करते जीवन राम कुछ मिनटों में ही मिल गए। सरयू राम ने आवाज दी, मगर आवाज पहुँच नहीं पाई। फिर वो हिम्मत करके गुम्बद पर चढ़ गए।

जीवन राम का हाथ पकड़ा और बोले, "क्या कर रहे हो। गिर जाएगा यह और तुम सब भी। चलो नीचे।"

जीवन राम ने हाथ छुड़ा कर कहा, "भैया यह मौका दुबारा नहीं मिलना। आज इस बाबरी गुम्बद की काली छाया, राम लला से हटा ही देंगे। दब गए तो राम-सेना के शहीद समझना।"

"भाई, बात मानो, चलो नीचें। ये सरिये, पत्थरों से क्या होगा? सारी शांति, सब व्यर्थ चली जाएगी।"

"माफ करना भैया। आप डरपोक हैं, मैं नहीं। अगर मेरे से अकेले नहीं टूटना तो हाथ बटाओ, मुझे मत हटाओ।"

तभी नीचे से रस्सी ऊपर उछल कर आई और आवाज भी, "जीवन, बाँध इसको ऊपर सरिये से।"

आनन-फानन में चार मोटी रस्सी गुम्बद को नीचे खींचने लगी। भीड़ ने हुँकार भर कर जोर लगाया तो गुम्बद हिल गया। जीवन राम ने सरयू राम का हाथ पकड़ कर कहा, "नीचे कूदो भैया, यह गिरने वाला है।"

मिनटों में गुम्बद खाली हो गया और रस्सी पकड़ कर सरयू राम भी चीख पड़े, "जय श्री राम"

एक भारी आवाज के साथ गुम्बद धराशायी हो गया। उसका गुबार हटने से पहले ही कार सेवक डंडा, पत्थर, रस्सी, सरिया लेकर दीवारों पर टूट पड़े। जीवन राम तो पहले ही जोश में थे, अब सरयू राम भी इस सच्चाई को रुबरु हो चुके थे कि मस्जिद गिराई जा सकती थी। वो भी हाथ में आए पत्थर के साथ दीवार पर टूट पड़े।

लाउड-स्पीकर पर होने वाली आग्रह-अनुरोध तो कब की हवा में ही दफन हो गई। पुलिस महकमे में असमंजस की स्थिति थी। सिपाही बार-बार बंदूक तान लेते पर एक गोली नहीं चली। जो दल-बल आना था, वो भीड़ ने गलियों के बाहर ही रोक दिया।

तीन बजे दूसरा गुम्बद भी जय श्री राम के नारे के साथ नीचे गिर गया। धूल और गर्द जब थमा, तब तक भीड़ नाच गाने की तरफ झुक चुकी थी। जीवन राम ने पत्थर उठा कर अपने सिर पर मारा। खून की धारा बह निकली। उन्होंने खून से जमीन पर तिलक लगाया और चिल्लाए, "जो हमसे टकराएगा, वो चूर-चूर हो जाएगा।"

भीड़ में फिर आवाज गूँजी "जय श्री राम।"

शाम 6 बजे तक जगह खाली होने लगी थी। पहले नेता गए, फिर भीड़ और जब जीवन राम मुड़े तो उन्हें सरयू राम नहीं मिले। शाम 6:30 पर राष्ट्रपति शासन की घोषणा के समय वो मेरठ की तरफ निकल चुके थे।

अयोध्या कांड को जीवन राम गौरव का दिन मानते थे, पर स्वामी जी दुखी थे। सरयू राम जी तो वापिस ही नहीं आए। स्वामी जी उनके गुम होने पर भी दुखी थे। स्वामी जी डरते थे कि भीड़ और बाद हुए दंगों में सरयू राम को कुछ हो ना गया हो। पर जीवन राम और उनके साथ के कई लोग अलग सोचते थे। "उनपर राम की छाया आ गई थी। जो इंसान आंदोलन के खिलाफ थे, वो सरिया लेकर मस्जिद पर पिल पड़े थे। वो तो संत हो गए, वहीं कहीं धुनी रमा ली होगी।"

गुम्बद गिरना, मानो बांध के पानी को रोक रहे दीवार का ढह जाना था। सिर्फ उत्तर प्रदेश ही नहीं, देश और विदेशों तक दंगे भड़क गए। बंगलादेश जल उठा, पकिस्तान में मंदिर टूटने लगे और हिंदुस्तान में हर राज्य सुलग उठा। जहाँ मुस्लिम ज्यादा थे, वहाँ आगजनी हुई, खून बहा। जहाँ हिंदू ज्यादा थे वहाँ दहशत हुई, तैयारी हुई और जहाँ मिश्रित थे, वहाँ दंगे, लड़ाई के रुप में हुए। बाबरी मस्जिद के गिरने से पहले तो मुस्लिम समाज में ऐसा कोई गुस्सा नहीं था, जो उस मस्जिद को महत्वपूर्ण बनाता हो। कुछ मौलवी और जामा मस्जिद ने अपना एतराज और लगाव बताया था पर वो आकर्षण कार सेवकों की भीड़ के जोश से काफी कम था। फिर गुम्बद गिरने पर हो रहे दंगो की तीव्रता आयी कहाँ से? स्वामी जी इस सवाल से ज्यादा दूसरी बातों से परेशान थे। और कोई सुनने वाला नहीं था तो संस्कृति ही श्रोता थी।

"गुम्बद तोड़ना कहीं से भी फायदेमंद नहीं है। जो जगह समुदायों के कलह की वजह थी, वो हमारे फायदे की थी। देश में हिंदू धर्म के लोग, राम के उपासक, मुसलमानों से कई गुणा ज्यादा हैं। हम लोग बहुमत में है। अगर सरकार पर दबाव बना पाते, तो यह काम, चुपचाप, कानूनी रुप से हो जाता। पर अब........।

अब मुद्दा बहुमत-अल्पमत से ऊपर उठ गया है। अब आप वहाँ बिना कोर्ट-कचहरी के पत्ता भी नहीं हिला पाओगे। पहले हमें सिर्फ एक सरकार को जागृत करना था, आत्मबोध करवाना था, अब सरकार, वकील, जज, और समाज, सबको आत्मबोध करवाना पड़ेगा। तारीखों से कोर्ट ऊपर नहीं उठेगा और अपनी नकली धर्मनिर्पेक्ष आंडबर में दबी सरकारें इसे छूना भी नहीं चाहेगी। क्या मिला हमें? सिर्फ गुम्बद गिर गया, रामलला तो वहीं हैं। मंदिर का सपना था, गुम्बद तोड़ने का थोड़े ही था। गुम्बद टूटने से सिर्फ राजनैतिक फायदा हुआ सबको। कोई हिंदूओं का नेता बन गया तो कोई मुसलमानों का।"

संस्कृति अपने बाबा के तर्क से रजामंदी रखती थी पर वो बीच की कड़ी थी। छह दिसम्बर के बाद स्वामी जी ने जीवन राम और केशव राम से ज्यादा बातें नहीं की और शाम की सभा भी होनी बंद हो गई थी। वो लोग, खुशियाँ मना रहे थे, और संस्कृति उनसे भी मिल आती थी। उनके तर्क भी सुनती, वहाँ भी हाँ में सिर हिलाती।

"हमने गुम्बद नहीं तोड़ा, देश की नींद तोड़ी है। बेमतलब के तुष्टीकरण और हिंदू दमन की नींव हिलाई है। इससे, पहली बार, देश के हिंदुओं को अहसास हुआ कि यह किया जा सकता है कि धर्मो रक्षति धर्मः। कि परशुराम का फरसा, श्री राम का धनुष और कृष्ण जी का चक्र हमारी परंपरा है। कि अन्याय सहने की हद पार की जा सकती है। हमने गुम्बद गिरा कर साबित कर दिया कि देश में दो टुकड़े हैं, हिंदू और मुसलमान। और वो बाबर जैसों के लिए लड़ने को तैयार हैं, हम राम के नाम पर भी भीरु हैं। यह टुकड़े हमने नहीं किए, हाँ, हमने उजागर कर दिए। अब हिंदू इकट्ठे होकर जीना सीखेंगे।" और जब भी संस्कृति ने पूछना चाहा कि मंदिर का क्या? तो जवाब था- "मंदिर तो दबाव से बनेगा, न्याय से बनेगा। इससे ज्यादा दबाव क्या होगा कि सारे हिंदू मंदिर मांगे। जज भी नहीं डरेगा, सरकार भी नहीं झुकेगी। और फिर भी नहीं बना, तो

बल से बनेगा। अगली सरकार वही आएगी जो मंदिर में सिर झुका सके और बाहर यह बात सिर उठा कर कर सके। राजनीति में भी कौन सगा और कौन करेगा दगा पता चल जाएगा।"

संस्कृति कोशिश करती थी कि दोनो पक्ष अपनी जिद से बाहर आए और अहिल्या आश्रम में चल रहा शीत युद्ध खत्म हो। पर आश्रम अभी इस अवस्था में नहीं था। जीवन राम और केशवराम जी आश्रम की सुरक्षा को लेकर चिंतित थे। वो डंडे और लोहे के सरिये हर जगह जमा कर रहे थे। दरवाजे पर सख्ती कर दी गई। सारे सेवादार रोज सुबह इसी मंत्रणा में थे कि अगर दंगे की आंच आश्रम तक आई तो? महिलाएं राशन पानी जोड़ कर तैयार थी और पुरुष डंडे -पत्थर रख कर। पुलिस विभाग ने पहले तो सबको जाने को कहा था, पर वह विचार स्वामी जी ने खारिज कर दिया। फिर उन्होनें मेन गेट बंद रखने को कहा था। वहाँ दरबान भी दो हो गए।

नौ दिसम्बर की शाम, स्वामी जी ने आरती की पर कोई संध्या विचार गोष्ठी नहीं थी। मेरठ के दंगो की खबर यदा-कदा आश्रम में भी हलचलें पैदा कर रही थी। हालाँकि राष्ट्रपति शासन लगा हुआ था, फिर भी हर गली, हर नुक्कड़ पर तनाव था। स्वामी जी और संस्कृति मंच पर बैठे बातें कर रहे थे। मंच के नीचे बने तहखाने में खरगोश भी परेशान थे। पहले लोग आते, संगत होती थी तो प्रसाद भी बंटते थे और टुकड़े, नीचे, रोशनदान से, अंदर के कमरे में भी आ जाते थे। तहखाने का अपना साम्राज्य था। संस्कृति ने हाथ में पकड़े मुरमुरे और मिसरी के दाने, नीचे झुक कर तहखाने की रोशनदान में डाल दिए। खरगोशों ने चीं चीं करके धन्यवाद कह दिया।

"बेटी, तू इतनी परेशान क्यों दिख रही है?" स्वामी जी ने संस्कृति की ओर देखकर कहा। संस्कृति के चेहरे पर वो चमक और वो शीतलता नहीं थी जो उन्हें पहले दिखती थी। "परेशानियाँ हैं, पर तुम पर क्यों असर डाल रहीं हैं?"

"बाबा, मुझ पर तो दुहरा असर होगा ना। आप की बातें मुझे उत्तर ले जाती हैं तो आश्रम में केशवराम चाचा की बातें दक्षिण। अब ध्यान ना दूँ, इसकी कोशिश तो मैं करती हूँ पर हो नहीं पाता।"

स्वामी जी ने क्षण भर संस्कृति को देखा। चौबीस-पच्चीस साल की संस्कृति वयस्क हो गई थी। आस पास नजर डाला तो लगा मानो चौपाल, मंच, पौधे, दरी सब बड़े हो गए।

"तुम्हें क्या उचित लगा?"

"बाबा सच कहूँ तो.............."

"बोलो, बेझिझक बोलो।"

"जिस वजह से माता सीता रावण को भस्म करके वापिस नहीं आयी। जिस वजह से हनुमान जी ने आग लगी लंका से सीता माता को वापिस लाने में असफलता पाई। जिस वजह से पूरे लोकों के स्वामी, श्रीराम ने सौतेली माँ की जिद पर वन जाने की सहमति दी, उन्हीं वजहों से हमें गुम्बद नहीं तोड़ना चाहिए था।

स्वामी जी संस्कृति को एकटक देखते रहे। पलकें झपकाना भूल गए। आँसू आँखों के कोनो में जमा होकर बहने लगे। संस्कृति के बुझे हुए चेहरे पर उन्हें प्रकाश की अनुभूति होने लगी।

स्वामी जी का मौन भांप कर संस्कृति ने आगे कहा, "राम का अनुसरण, राम के स्मरण से ज्यादा फलदायी है, ज्यादा जरुरी है। जो तरीका है, जो सही मार्ग है, वही उचित है, चाहे चौदह साल लगें या पूरा जन्म। मंदिर बनना उचित मांग है पर रास्ता भी सही चाहिए।"

स्वामी जी ने कांपते ओठों से कहा, "बिटिया, जाकर सबको बुला ला। मैं सभा करुँगा। अभी।"

आनन फानन में सभा जमा हो गई। केशव राम जी और उनके समर्थक सेवादार, सरयूराम की पत्नी और जीवन राम जी के साथ कई लोग, सब आकर अगले पंद्रह मिनटों में मंच के पास पहुँच गए। स्वामी जी ने अपनी वार्ता शुरु की- "अहिल्या आश्रम, वैसे तो एक निजी सम्पत्ति है जिसका मालिक मैं हूँ पर हर कारणों के लिए, मैंने इसे अपनी अर्जित सम्पदा नहीं समझा। सम्पत्ति का मोह और सम्पत्ति से लगाव हमें साधुत्व से दूर करता है। हम सब इसीलिए साधु नहीं है कि हमारे पास अहिल्या आश्रम है बल्कि इसीलिए हैं क्योंकि हममें इस आश्रम के संस्कार हैं, ज्ञान है। पर हर देश, समाज की एक कानून व्यवस्था होती है। हमारे यहाँ की व्यवस्था मुझे इस जमीन का मालिक मानती है। इसीलिए यह दायित्व भी मुझे कानूनी रुप से अगली पीढ़ी को देकर जाना

है। मैंने काफी सोच समझ कर अपने आपको पदमुक्त करने का सोचा है। मैं चाहता हूँ कि अगला पदासीन व्यक्ति उम्र, जाति, रंग, धर्म सबसे अलग पैमाने पर खड़ा हो। वो माता अहिल्या जैसा हो। उसमें धीरज हो, संयम हो, ज्ञान हो, विश्वास हो और राम की उम्मीद हो। इस आश्रम में एक से बढ़कर एक योग्य सेवादार हैं। हर कोई श्रेष्ठ है और सहयोगी भी। मैं उम्मीद करता हूँ कि जो नया पदासीन व्यक्ति होगा, उसे वही सहयोग मिलेगा जो मुझे मिलता रहा है। क्या मैं यह आश्वासन ले सकता हूँ?" स्वामी जी ने चारों तरफ नजर घुमायी तो हर कोई हाँ में सिर हिलाता नजर आया।

"ऐसे में, जब हम सब साथ हैं सत्य और संयम के पथ पर ले जाने के लिए नेता नहीं बल्कि सारथी चाहिए। मैं अपनी तरफ से संस्कृति का नाम मनोनीत करता हूँ। मेरी दृष्टि में वो सबसे योग्य, सामंजस्य रखने वाली, कुशल, संयमी, मिलनसार व्यक्ति है।"

स्वामी जी की वाणी सूखे पुआल के ढेर पर गिरने वाली चिंगारी की तरह थी। शांत सभा में खुसफुसाहट शुरु होकर शोर में तब्दील हो गई। हर कोई हतप्रभ, हर कोई बेचैन। कोई खुशी से बेचैन तो कोई सदमे से बेहाल। दस मिनटों के बाद जब शांति हुई तब जीवन राम जी ने कहा- "स्वामी जी, वैसे तो यह आपकी निजी संपत्ति है और फैसला भी निजी है, फिर भी मैं कुछ कहना चाहता हूँ। मैं और हम सब इस परिवार का हिस्सा हैं। संस्कृति हम सबकी लाडली है। जब यह छोटी सी थी, तब से हमारे साथ है। मैंने और अमूमन हम सबने इसे गोद में लाड़ किया है। अगर बेटी की उन्नति हो तो किसे एतराज होगा। पर, आश्रम सिर्फ जमावड़ा नहीं है। यह पूरे प्रदेश के धर्म का केन्द्र है। यह दूर-दूर तक लोगों में आस्था जगाने वाली जगह है। इसको चलाना दिन-ब-दिन दूभर भी हो रहा है। अभी मुसलमानों का खतरा भी है। जब वह नहीं था तो कभी पुलिस, कभी अफसर, हर कोई दबाव बनाता रहता है। ऐसे

में संस्कृति के लिए यह मुश्किल होगा। मेरी अपनी जयी बेटी भी वहाँ खड़ी होती तो मैं उसको भी यही कहता।"

जीवन राम जी बेबाक बोले और जब रुके तो खुसफुसाहट शुरु हो गई। स्वामी जी ने दो मिनटों तक कुछ नहीं कहा। संस्कृति भी चुपचाप खड़ी रही। केशव राम जी आगे आए, "मेरा तो सीधा सवाल संस्कृति से ही है, क्या तुम्हें यह उचित लगता है?"

संस्कृति ने कोई जवाब नहीं दिया। केशवराम जी ने स्वामी जी को सम्बोधित किया, "गुरुजी, हम धर्म की कमान ऐसे हाथों में चाहते हैं जो लड़ने और बढ़ने, दोनो में सक्षम हो। जिसमें खोने की चिंता या मिटने का भय ना हो। जो पारिवारिक हो, पर आजाद भी। हमें शेर चाहिए- शेर।" स्वामी जी ने हाथ के इशारे से सबको शांत रहने को कहा।

"संस्कृति, तुम खुद ही जवाब दो।" उन्होंने संस्कृति के सिर पर हाथ रखकर कहा।

संस्कृति उठ कर खड़ी हो गई। हाथ जोड़कर सबका निवेदन किया और बोली, "मुझे तीस मिनट पहले कोई भान नहीं था कि बाबा मुझे इस तरह की कोई जिम्मेदारी देने का सोच रहे हैं। ना पाँच मिनट पहले तक मैं इस जिम्मेदारी को समझ पा रही थी। आप सबका संशय भी सही है। शायद मैं एक पद को ना सम्हाल पाऊँ जिस पर इतना राजनैतिक और सामाजिक दबाव हो। मैं क्या कर सकती हूँ- पूजा, प्रार्थना और विश्वास। यही तीन चीजें मेरे हाथ में है। मैं बाबा पर विश्वास रखती हूँ कि उन्होंने कुछ तो देखा होगा तभी मुझे चुना। मैं जीवन चाचा और केशव चाचा पर भी विश्वास रखती हूँ कि वो मेरे लिए सही चिंता कर रहे हैं। पर मैं माँ दुर्गा पर भी विश्वास रखती हूँ जो शेर के ऊपर बैठती हैं। मुझे, अभी के अभी, तो कुछ नहीं पता कि फैसला कैसा हैं। शायद मैं बाबा के फैसले पर अपना दृष्टिकोण डाल भी ना पाऊँ। पर हाँ, अगर मुझ

से बेहतर कोई बाबा को दिखे, आज, कल या कभी भी, तो कृपया उसे पदासीन करें। अहिल्या आश्रम हम सबके निजी प्रारब्ध से ज्यादा मायने रखता है।"

संस्कृति रुकी तो फिर खुसफुसाहट का दौर चला। फिर स्वामी जी खड़े हुए-"हर चीज की वजह होती है। कर्ता कोई और है जो हम सबमें समाता है और रास्ता दिखलाता है। दिल का दरवाजा खुला रखना जरुरी है ताकि वो अंदर आ सके। मैंने अपने दिल की बात कह दी। पर आश्रम, मेरे निर्णय से भी ज्यादा महत्वपूर्ण है। पाँच दिनों के बाद हम फिर से इस पर मंथन करेंगे और अगर संभव हो पाया, तो उसी दिन संस्कृति के सिर पर यह जिम्मेदारी दे दी जाएगी। अगर किसी वजह से यह नहीं हो पाया तो जिसको संस्कृति चुन ले, वो पदासीन हो जाए। दूसरी बात, कि दबाव या पौरुष वाले क्षेत्र के लिए दो विशिष्ट सहायक भी घोषित होंगे और उनका काम पदासीन व्यक्ति को दबाव से बचाना होगा। इसीलिए, आपस में बातें कीजिए, समझिए-समझाइए, और फिर तर्कों को पाँच दिनों के बाद परखा जाएगा।"

सभा समाप्त हुई पर खुसफुसाहट नहीं। सूरज तो वार्ता के बीच में ही ढल चुका था। ठंढ और कुहासे की चादर पूरे वातावरण को ढक रही थी। अधिकतर लोगों ने भी मोटी-चादर, शाल और मफलर से अपने आपको ढक रखा था। स्वामी जी उठकर अपने कुटिया में चले गए। संस्कृति कुछ देर, वहीं मंच पर बैठी रही। लोग भी तितर-बितर होने लगे। सुमन देवी ने संस्कृति को उठाया, "चलो बेटी। यह चिंता का नहीं खुश होने का वक्त है। तुम पर स्वामी जी को भरोसा है, यह गर्व की बात है।"

संस्कृति ने खड़े होकर पूछा, "आप मेरी जगह होती तो..........."

"मैं बिल्कुल मना कर देती। हाँ, पर गर्व तो महसूस होता ही। मैं तो तुम्हें कह रही हूँ कि गर्व और खुशी महसूस करो, फिर चाहे

मना कर देना। मना करना तो तुम्हारे हाथ में है ही। अरे, इन पचड़ो में सबसे पहले स्त्री की कोमलता, स्त्री जैसा महसूस होने का सुख और परिवार........यह सब चला जाता है। कुछ नहीं रखा इन सबमें।"

"फिर मैं मना कर दूँ?"

"तो क्या, तू सच में यह काम करना चाहती है? शादी-वादी करके, परिवार नहीं बढ़ाना? अरे जो काम मर्द और औरत दोनो कर सकते हैं उसमें विकल्प होता है, पर कई ऐसे काम हैं जो स्त्री के ही हैं। वो तो करना ही पड़ता है ना।"

संस्कृति के निर्णय शक्ति पर पहले ही धुंध छा रही थी, ऊपर से सुमन जी ने उसे फायदा और नुकसान का मिश्रण बता दिया। संस्कृति ने मजबूर आँखों से सुमन जी को देखा तो वो हँस पड़ी, "पाँच दिन हैं ना, मजे लो। फिर छोड़ देना।"

दोनो वापिस जाने के लिए मुड़े तो शोर ने ध्यान खींचा। शोर अजीब था, ना शब्द साफ ना इरादे। कुछ आवाजें पहचान की तो कुछ बिना पहचान की थी। कदमों की आवाजें, गलों की आवाजों के साथ मिलकर अजीब-सा द्वंद कर रही थी। दोनो ठिठक कर उसी दिशा में देखने लगीं। तभी दो सेवादार दौड़ते हुए आए, "दीदी, अंदर भागो। जल्दी। मुसलमानों ने हमला कर दिया है।"

आगे तर्क शक्ति नहीं चली। ना समझ आया कि क्या हो रहा है ना ही समझने की जरुरत लगी। भय सभी इंद्रियों पर भारी होता है। दोनो बहाव के साथ, भाग कर कुटिया में घुस गए।

कुछ मिनटों में आश्रम के अंदर ही मारो-मारो, इधर देख, पकड़ उसे, फूंक दे........ और भी कई भयावह आवाजें आती रहीं। सुमन ने संस्कृति को छाती से लगा रखा था मानो कह रही हो कि मेरे रहते हुए तुम्हें कुछ नहीं होगा। उनकी कुटिया पर भी पत्थर

और डंडे पड़े। दरवाजे पर डंडों को मारा गया। फिर एक कोने से कुटिया सुलगने लगी। बाहर का शोर और अंदर का डर संस्कृति को मानो काठ का बना गया हो। उसने सुमन जी को और जोर से पकड़ लिया। "राम नाम ले बेटी, राम नाम ले।" सुमन जी ने उसे पकड़ते हुए कहा। दो-चार मिनटों में एक तरफ की दीवार पर लगी लकड़ियाँ आग में जलने लगी।

धुएँ के साथ आग की लपटें भी कुटिया में घूमने लगी। एक चिंगारी ने छत की फूस को भी अपने अंदर ले लिया। सुमन और संस्कृति दोनो बस एक ही बात दुहरा रहे थे "राम-राम-राम"।

दरवाजे पर फिर चोट हुई। पहली चोट ने दोनो के अंदर सिहरन बढ़ा दी। दूसरी में दरवाजा हिला और तीसरी चोट पर दरवाजे का एक पट्टा टूट कर अंदर आ गिरा। उस पार से धुंए को चीरते हुए केशव राम अंदर आए जड़ बने सुमन और संस्कृति को बाहर खींच लिया।

बाहर चार और सेवादार तलवार और डंडे लिए खड़े थे। केशव राम जी ने एक से कहा, "इनको भी मंच पर ले जाओ, बाकी लोग मेरे साथ आओ।" तीन सेवादार डंडा -तलवार लहराते केशव राम के साथ दूसरी दिशा में दौड़ पड़े। आवाज गूँजी। "हर हर महादेव।"

लगभग दो घंटों तक सुमन और संस्कृति मंच पर ही बैठे रहे। चारों तरफ लगभग बीस सेवादार डंडा-तलवार लिए खड़े थे, चौकन्ने। बाकी बच्चे और महिलाएँ भी मंच पर ही थी। कुछ पुरुष भी थे, जख्मी और घायल। रात के एक बजे तक फिर से शांति हो गई। आक्रमणकारी दंगाई वापिस भाग गए। पीछे छः कुटिया जल गई, लगभग पाँच सेवादार मारे गए, स्वामी जी का सिर फूटा और हाथ में चोट आई और बीसयों घायल हुए। केशव राम और जीवन राम जी के द्वारा जमा किए हथियार काम आए और जब हमले का

रुख बदला तो दो लाशें उधर की भी गिरी। कुछ सिर उधर के भी फूटे और कुछ खून उधर का भी आश्रम की जमीन में समा गया।

स्वामी जी को भी सहारा देकर दो सेवादार मंच पर ले आए। बिजली तो चली गई थी, मशाल जलाई गई। केशव राम और जीवन राम तलवार उठाए इधर उधर चहलकदमी कर रहे थे।

कुछ महिलाओं की सिसकियों के अलावा अजीब सी शांति छा गई। रात के अंधेरे में, चोट खाए स्वामी जी भी कुछ बोल नहीं पा रहे थे। संस्कृति ने कपड़े की पट्टी बनाकर सिर की चोट को ढक दिया। कुछ मिनटों के बाद जीवन राम दहाड़े , "मैं उन अधर्मियों को समूल नष्ट कर दूँगा। यहीं मेरठ के आजू-बाजू में बसे हैं ये लोग। मैं तो कहता हूँ अभी चलो, अभी। लाशों का ढेर लगा देंगे। भोलेनाथ की कसम, तांडव होगा आज।"

जीवन राम की दहाड़ पर जितनों की सहमति थी, लगभग उतनों का विरोध भी। स्वामी जी ने भी कहा, "जीवन, शांत हो जाओ। अपने घर की आग बुझाना दूसरों के घर जला देने से ज्यादा उचित है। इधर बैठो।" पर जीवन राम बैठ नहीं पाए। चहलकदमी चलती रही और दो घंटों के बाद बारी बाँट कर लोग वहीं सुस्ताने लगे। नींद, सुबह की आहट और रात की थकान ने लोगों के गुस्से और डर को थोड़ा कम कर दिया।

नौ दिसम्बर को दोपहर से ही मुनसफा की मस्जिद के बाहर सरगर्मी थी। लोग जितने गाँव से थे, उतने ही बाहर से भी जमा हो चुके थे। महिलाएँ घर में चाय, पकोड़े बना-बना कर बच्चों के हाथों भेज रही थी और इस तरह पूरा मुनसफा व्यस्त था। छह दिसम्बर का बाबरी मस्जिद कांड, पूरे देश और देश के बाहर भी अपनी तपिश भेज चुका था। मुनसफा एक छोटा कस्बा था, जहाँ लोग अपने रोजगार, अपने परिवार और अपनी मस्जिद से खुश थे पर भावनाएँ यहाँ भी उतनी ही प्रबल जागी, जितनी कि बाकी उत्तर प्रदेश में। जावेद पाँच वक्त का नमाजी था और मस्जिद का अघोषित मौलवी। उसने जब सभा संभाली तब दानिश चुपचाप, साँसे रोके, अपने अब्बा का जोश देखता रहा।

"हमारा घर तोड़ देते, हम माफ कर देते। अल्लाह खुद दूसरी छत का इंतजाम देखता। पर मस्जिद पर चढ़कर नाच रहे थे तो क्या हम लोग चूहे बन कर बिल में घुस जाएँ। खून तो बहेगा ही, कुर्बानी तो होनी ही है। मैं अपनी जान देने को तैयार हूँ, जिनकी रगों में खून गरम हो, मेरे साथ आए। एक-एक ईंट का बदला लेंगे। हर गुम्बद के बराबर की लाशों का ढेर लगा देंगे। देश किसी के बाप का नहीं है और है तो हमारे बाप का है।" जावेद जोश में हाथ हिला कर बोल रहा था। लोग गुस्से में थे, मानो जलने से ठीक पहले हल्की लाल लकड़ी हो।

"हजार-दो हजार लोग जमा होकर हुड़दंग करें, मस्जिद के चारों तरफ जमा हो जाएं तो सरकार चुप। अरे कानून रहा नहीं तो अपना कानून खुद ही बनाना पड़ेगा। वो हजार जमा हो सकते हैं तो हम लाखों जमा हो सकते हैं। अभी मौका है, यलगार बोल दो।"

नदीम साहब उठे तो जावेद बैठ गया। दानिश की आँखों में अब्बा के लिए इज्जत और बढ़ गई। नदीम साहब मेरठ के मदरसे के मौलवी थे। उनकी शान और रुतबा था। लोग चुप हो गए।

"कानून कहता था कि मस्जिद है तो रहेगी। कानून कहता था कि हमारे मजहब, यकीन और जीने पर पाबंदी नहीं होगी। कानून, वो था, जिसके भरोसे, हमारे बाप-दादाओं की हुकूमत अंग्रेजों ने हमें ना देकर इनको दे दी। कहाँ है कानून? हजारों लोग मस्जिद की पाक जमीन पर पाक गुम्बद पर चढ़ जाते हैं, पत्थर और ईंट से तोड़ने का काम करते हैं और कानून किसी के जूते के नीचे पड़ा-पड़ा चिल्ला रहा होता है। यही है कानून? और जब कानून नहीं है, तो हमारे लिए भी नहीं है। आज रात, ऐसा कोहराम बरपाओ, ऐसा कोहराम बरपाओ कि आने वाली नस्लें भी मुसलमानों से उलझने की ना सोचे। कर पाओगे तो शान रहेगी, नहीं तो कल घर की छत भी गिरेगी।" नदीम साहब वैसे शांत स्वभाव के आदमी थे। उनकी कद का आदमी गुस्से में था और यह वजह भीड़ के लिए काफी थी।

शाम होते होते, दो छोटे ट्रक तैयार थे। लाठी, तलवार, केरोसिन, रस्सी, पत्थर, जो जिसे समझ आया, ट्रक में डालता गया। लगभग चालीस लोग अंधेरा होते ही अहिल्या आश्रम के तरफ चल पड़े। दूसरी टुकड़ी, बारह-पंद्रह लोगों की, गाँव की रखवाली में लग गई। तीसरी टुकड़ी, लगभग पचास लोगों की, मेरठ शहर की तरफ निकल पड़े। शहर मुश्किल जगह थी और निशाना दुकानें थी। जावेद ने अहिल्या आश्रम चुना था। गुम्बद के बदले आश्रम, बर्बादी के बदले बर्बादी और जिल्लत के बदले खून, इस विचार में उबलता जावेद ट्रक पर चढ़ गया। दानिश भी सोलह साल का हो चुका था। जब रोजा झेल सकता था तो धर्म के लिए लड़ भी सकता था। वो भी उसी ट्रक में सवार हो गया। ट्रक अहिल्या आश्रम से पचास मीटर पहले ही, रुक गया। दिसम्बर में ठंढ, अंधेरा और कुहासा, तीनों युवा थे। ना साफ आश्रम दिख रहा था, ना दूर की कोई

आहट। जावेद ने तलवार उठाई और फिर सबने एक-एक हथियार। "सिर पर मारना है, सिर पर। पहला ही इतना जोर से होना चाहिए कि उठ ना पाए। पंद्रह मिनटों में सब फूंक देना है।" दानिश के हिस्से एक लाठी आई और केरासिन की बोतल।

"तू मेरे पीछे ही रहना। इधर उधर फँसना मत" जावेद ने ट्रक से उतरते हुए कहा। भीड़ चलते-चलते अहिल्या आश्रम के दरवाजे तक पहुँची तो शोर हो गया। दरवाजे पर खड़ा सेवादार भीड़ का शिकार हो गया। दानिश भी भीड़ के साथ सामने आ रहे मनुष्य, पौधे, गमले, झोपड़े सब को डंडे से मारता, चिल्लाता दौड़ रहा था। अफरा-तफरी में लोग भागे तो अब्बा ने उसे फिर समझाया, "साथ रह।"

अंधेरे में शोर ज्यादा हुआ पर लोग कम पकड़ में आ रहे थे। जावेद ने बंद दरवाजे पर लात मारी तो अंदर से चीख की आवाज आयी। वो चिल्ला उठा, "इसमें है। मारो।"

दो और लातें पड़ी पर दरवाजा नहीं टूटा। जावेद ने दानिश के हाथ से केरोसिन की बोतल छीनी और लकड़ी, टाट की दीवार पर केरोसिन डालने लगा। "फूंक दो सालों को अंदर ही। माचिस जला।"

आधे घंटे में बीस लोग हाथ चढ़े। कुछ मारे गए, बाकी घायल हुए। पर भाग दौड़ में दानिश अब्बा के पीछे नहीं चल पाया। वो इधर उधर चिल्लाता, ईंट-पत्थर मारता एक जगह पर आ रुका। वहाँ सामने मंच सा बना था। मंच के पीछे का हिस्सा उसके सामने था। एक छोटा रास्ता, नीचे के तहखाने को भी जा रहा था। कुछ गमले मंच पर रखे थे। दानिश ने लाठी घुमाई और गमले तोड़ दिए। अचानक दूसरी ओर से शोर आया। इस बार जो भीड़ आ रही थी उसका शोर अलग था। "हर-हर महादेव" का नारा लग रहा था। उसने घबरा कर आस पास देखा तो अपने गाँव का कोई नजर नहीं आया। एक दिखा भी तो उस पर भीड़ ने पत्थर फेंका और वो वहीं

गिर गया। भीड़ भागी और गिरे हुए की चीख "हर-हर महादेव के उदघोष में दब गई। दानिश पर दहशत इस कदर हावी हुई कि हाथ से डंडा खुद ही छूट गया। भीड़ तेजी से उस ओर ही आ रही थी। वो डर से छोटे दरवाजे में घुस गया जो मंच के नीचे के तहखाने में जाता था। अंदर काफी अंधेरा था पर रौशनदान से हल्की रोशनी थी। थोड़ी ही देर में भीड़ मंच पर आ गई। शोर हुआ, रोना हुआ। कुछ महिलाएँ मंच पर थी, कुछ बच्चे भी थे। बीस पच्चीस लोग मंच के आस -पास, गर्म खून, तलवारों और लाठियों के साथ जमा हो गए थे। दानिश ने मुँह दबा कर अपनी तेज सांसो की आवाज कम कर रखी थी। मन ही मन उसने अब्बा को याद किया और बोला "या अल्लाह, अब्बा को भेज दे।"

दस दिसम्बर की सुबह तक मंच पर भी लोग ऊँघ रहे थे और मंच के नीचे के तहखाने में दानिश भी सो चुका था। तहखाने की फर्श नहीं थी, मिट्टी ही थी। वो जानबूझ कर ऐसे बनायी गई थी ताकि दोनो खरगोश वहाँ रह सकें। इसी वजह से जगह-जगह खड्डे थे, खरगोशों के मल-मूत्र की दुर्गंध थी और हवा अलग रुप से दूषित थी। पर जब डर हावी होता है तब बाकी चेतनाएँ खुद ही छिप जाती हैं। दानिश को दुर्गंध, मिट्टी, नमी, हवा, कुछ भी महसूस नहीं हुई, बस यही लगा कि शायद यह महफूज जगह है।

जब दिन निकला तो सूरज की रोशनी भी अलग-अलग सतहों से टकरा कर रौशनदान होते हुए तहखाने को भी रौशन कर गई। इतना उजाला हो गया कि दानिश कोने में सहमे हुए दोनो खरगोशों को देख सके। सामने पड़े लड्डू के टुकड़े, मुरमुरे, बताशा भी दिखे। सब कुतरे हुए थे। दानिश ने हाथ बढ़ा कर सब बटोर लिया और मोटे तौर पर पोंछ कर सब खा गया। तहखाने की ऊँचाई इतनी नहीं थी कि वो तन कर खड़ा हो सके, पर बैठना या झुक कर खड़ा होना संभव था। बाहर की हलचल ने उसे रौशनदान के नजदीक खींच लिया।

नौ बजे सुबह, भारी पुलिस बल आश्रम में आ चुका था। वो मंच पर ही बैठे सबका बयान दर्ज कर रहे थे। स्वामी जी ने बताया कि कैसे अचानक हमला हुआ और तीन लोगों ने उन पर लाठियों से हमला कर दिया। एक-एक कर लोग अपनी आँखों-देखी बताते रहे। आश्रम का मुआयना हुआ और बारह लाशें सेवादारों की निकली, चार आक्रमण करने वालों की। बढ़ती गिनती के साथ आश्रम का दुख भी बढ़ गया। इंस्पेक्टर ने दो घंटे की सुनवाई के बाद घोषणा की, "किसी को बख़्शा नहीं जाएगा। ना उनको, जो हमला करने आए और ना उन लोगों को, जिन्होंने बदले में चार लोग काट दिए।

आप आश्रम में तेजधार हथियार रखते हैं? आप में से जो भी, इन चार मौतों का जिम्मेदार है, वो भी नहीं छोड़ा जाएगा। भीड़ सुगबुगाई तो आवाज आयी, "आत्मरक्षा तो करनी ही थी। पुलिस तो अगले दिन आनी होती है।"

इंस्पैक्टर ने भारी लहजे में कहा, "कानून का पाठ आपकी सोच से अलग है जी। आश्रम में हथियार जमा थे, लोग हत्या के इरादे से आत्मरक्षा कर रहे थे, इतना बहुत है जेल के लिए। इसीलिए शराफत इसी में है कि सहयोग करें। फिलहाल आश्रम के बाहर चार पुलिसकर्मी तैनात रहेंगे, चौबीसों घंटे। ना कोई अंदर आएगा, ना बाहर जाएगा।"

पुलिस का बल चला गया तो आश्रम में अलग सी सुगबुगाहट छोड़ गया। बारह लोगो के जाने का दुख भी था और प्रशासन भी बाद में हिसाब लेगा। हर कोई एक दूसरे से कुछ मंत्रणा कर रहे था। लगभग चार बजे जब लोग चले गए तब स्वामी जी और संस्कृति ही बचे थे।

"बाबा अब?" संस्कृति ने डब्बा खोलकर एक लड्डू का चूरा बना कर मंच के नीचे के रोशनदान में डाला।

"बेटी, कर्म पीछा नहीं छोड़ता है। हमारे मरे, हमारों ने मारा। अब जो जाँच आएगी, उसे स्वीकार करना है।"

"पर हमारे पास उपाय ही नहीं था। जान बचाना भी तो धर्म है।"

"सही सोच रहे हो। अगर यही एक वजह थी कि हमने भी पाँच मारे, तो उचित है। पर अगर यह नहीं है तो? कर्म तो छाया है। रोशनी जले तो जगह बदलेगा, गायब नहीं होगा।"

"बाबा, मैं तो तभी बची जब चाचा ने दरवाजा तोड़ कर बचाया। मुझे तो धर्म रक्षा में शस्त्र उठाना उचित लग रहा है। युद्ध जैसी स्थिति में गीता भी तो यही कहती है। और यह तो युद्ध से भी भयावह था। अचेत, सुस्त लोगों पर धोखे से प्रहार!"

स्वामी जी ने पालथी पर थोड़ी जगह बदली और आगे झुककर पानी से हाथ धोया। "समाज में न्याय होना चाहिए। हम एक प्रकरण को उसके जड़ से अलग करके नहीं देख सकते। बाबरी मस्जिद का गिरना गलत था। उन्माद हमेशा ही गलत होता है, दिशाहीन होता है। उस गुम्बद गिरने की गूंज आग बनकर फैली और देखो 12 भाई-बन्धु बेकार ही मारे गए। अब क्या हम मंदिर बना लेंगे? जो जगह राज्य का मुद्दा थी वो उन्माद ने अंतरराष्ट्रीय बना दिया। यह कहाँ की समझदारी थी।"

"पर बाबा इतिहास में थोड़ा और पीछे जाएं तो बाबरी मस्जिद वहाँ बनाना गलत था ना? वो भी तो बाबर और उसके सेनापति का दमन था, जो शायद अब फूट गया। इतिहास तो दिशाहीन है। न खत्म होने वाला। पर, जहाँ तक आस्था जाती है, वहाँ तक का इतिहास तो टटोलना बनता है ना।"

"आस्था.........." स्वामी जी ने लंबी सांस ली, "आस्था तो मन की स्थिति है। उद्वेग से और जबरदस्ती हासिल करने की चीज नहीं। राम में आस्था है, मंदिर में नहीं अगर वो इतनी कीमत पर बने। माँ-पिता की सेवा जरुरी है, उन्हीं के घर में सेवा, जिद है। इतिहास दिशाहीन नहीं होता है बेटी। इतिहास तो कम्पास है यह आपकी मंशा है। राम जी ने कभी पद, बल, बहुमत का दुरुपयोग नहीं किया। उनको अनुशरण करने के आडंबर में हमें सब चाहिए। पद- हर कोई आश्रम का प्रमुख बनना चाहता है। बल भी और बहुमत का जोर भी। यह इतिहास की गलती नहीं है। यह हमारी सोच की गलती है। "

"बाबा, आपने मुझे प्रमुख बना दिया, पर मुझे लगता है कि................."

"तुम ज्ञान में उत्तम हो। तुम करुणामयी हो, तुम अहंकार रहित हो और सबसे बड़ी बात, कि तुम्हें इस पद का लालच नहीं है। इतनी वजह तो काफी है।"

"मुझे लगता है कि जीवन चाचा और केशव चाचा जी भी अन्य गुणों की वजह से ज्यादा उपयुक्त हैं। अब आश्रम को बचाना भी तो धर्म है और धर्म को बचाना कर्म है। मैं यह सब कहाँ कर पाऊँगी।"

"मुझे लगा कि उन्हें पद, सम्पत्ति का लालच है।"

"हो सकता है ना भी हो।"

"ठीक है। मैं सारी सम्पत्ति तुम्हारे नाम कर देता हूँ और पद केशव राम को। क्या वो मानेगा?"

संस्कृति ने कुछ जवाब नहीं दिया। यह सवाल आसान नहीं था। धन, सम्पत्ति भी तो आश्रम का ही हिस्सा था। अलग करके सोचना दुविधा बढ़ाने जैसा था। धन सदैव बुरा हो, ऐसा नही। और धन की कामना हमेशा लालच नहीं कही जा सकती। राजा राज्य भले ही सेवा करने के लिए चाहे, पर धन भी तो चाहेगा। आश्रम खाली हाथ तो नहीं चला सकते। खैर रात और दोपहर तक की हलचल आश्रम से ऊपर, ज्यादा जरुरी, जान-प्राण की थी। संस्कृति के बाबा स्वामी जी को सहारे से उठाया, "चलो बाबा, आराम कर लीजिए।"

इधर संस्कृति और स्वामी जी मंच से गए, उधर तहखाने में खरगोशों ने दानिश को घूरने से बढ़कर सूंघना शुरु कर दिया। उनके अपने घर में कोई घुस आया था और उसने खाना भी खा लिया था। दानिश ने पैर घुमाया तो दोनो खरगोश भाग गए।

रात होते ही दानिश रेंगता हुआ तहखाने से बाहर आ गया। आश्रम में सन्नाटा और शांति थी। अंधेरा भी था। एक तरफ तहस-नहस किया हुआ बगीचा था तो दूसरी तरफ अधजली झोपड़ी का अवशेष। सन्नाटा इतना कि दरवाजे पर खड़े दोनो पुलिसवालों की आपस की बात भी सुनी जा सके और घास के बीच से झिंगुर की आवाज भी शोर का आभास कराए। मंच के पास ही पड़े कूड़ेदान से कुछ सेब के टुकड़े, जो बीजों के साथ चिपके थे, मिल गए। ढूंढने पर पानी का भी इंतजाम हो गया। पर आश्रम से बाहर जाना सरल नहीं था। दीवारें ऊँची और दरवाजे पर पुलिस। दानिश छिपता हुआ दरवाजे तक पहुँच गया पर पार करने की ना तो हिम्मत हुई, ना मौका मिला। वो चारदीवारी के साथ -साथ ही चलता रहा। कुछ पेड़ दिखे तो हिम्मत जागी। एक आम का पेड़ था, ना बहुत बड़ा, ना छोटा। इतना कि उस पर चढ़ा जा सके। दानिश ने घरवालों को याद किया, और किसी तरह पेड़ पर चढ़कर दीवार -पार कूद गया। वो बेतहाशा भागा, पर रास्ता खाली था। जो आवाजें भी आ रही थी, वो पुलिस या एम्बुलेंस के सायरन की ही थी। दानिश डरता भी रहा और भागता भी रहा। उसे इतना पता था कि मेरठ शहर वाली सीधी रोड़ पर है पाँच-छह किलोमीटर पर मुड़ना है, अपने गाँव के लिए। लगभग दो घंटो के बाद वह मोड़ आया तो जोश भी आ गया। अपनी गली और अपनी जमीन में अभूतपूर्व क्षमता होती है। उसकी रफ्तार और बढ़ गई। जाकर अब्बा से मिलना है, यह ख्याल ही काफी था। पर जब मुनसफा का इलाका आया तो हर घर बंद मिला। हर दरवाजे पर ताला था। मस्जिद का भी मुख्य द्वार बंद था। मस्जिद वाले कोने पर पुलिस की गाड़ी खड़ी थी, पर उसमें भी दो पुलिस वाले सो रहे थे।

दानिश का सारा जोश पानी हो गया। डर ने फिर सिर उठाया। उसने तहखाने में भी सुना था, कैसे लोग आंतकी हो रहे थे। कहीं

बदले की आग में आश्रम वालों ने मुनसफा पर हमला तो नहीं कर दिया? बाहर का अंधेरा उसके मन में भी गहराता गया। वो चुपचाप अपने घर के सामने की सीढ़ी पर बैठा रहा। ना कोई आहट, ना हलचल। बस उसे इतना पता था कि पुलिस से दूर रहना है। लगभग आधे घंटे तक हर संभव बुरे का सोचकर और आंसू बहाकर वो दबे पाँव वहाँ से निकला। मन में बदले का बीज लिए कि अहिल्या आश्रम को जला दे, सबको मार दे, तभी आत्मा शांत हो। वापिस उसी अंधेरे रास्ते पर भागता हुआ, मुश्किल से, पेड़ की मदद से दीवार पार करके, वो नीचे तहखाने में वापिस आ गया। तहखाने की जगह को वापिस पाकर जो खरगोश खुश हो रहे थे, वो दानिश को देखकर चिल्लाने लगे। दानिश मन ही मन उद्वेलित था। वो बुदबुदा रहा था, "एक एक करके मैं इनके सारे लोगो को मार दूँगा।" "रात में बाहर से कुंडी लगा कर फूंक दूँगा, जल मरेंगे साले।" "लाशें रोज मंच पर सजा दूँगा।"

वो एक से बढ़कर एक बदले की बातें बुदबुदाता और बदले में खरगोश भी चीं चीं करते हुए उसकी ओर बढ़ते जाते थे। उन्हें भी अपने घर में दानिश स्वीकार्य नहीं था। एक ने चार-पाँच दफे, एक दो कदम आगे बढ़कर दानिश को धमकी दी पर असर ना होता देखकर उसने दानिश की छोटी अंगुली पर दाँत चुभा दिए। पहले ही गुस्से से जल रहे दानिश को यह चुभन नागवार थी। उसने तेजी से हाथ बढ़ाकर उस खरगोश को पकड़ लिया और दीवार पर दे मारा। उस खरगोश के प्राण वहीं उड़ गए। दूसरा, डर से, बाहर भाग गया।

उसके गुस्से और डर, दोनो के मिले जुले मनोदशा ने नींद को जगह नहीं दी। सुबह की शुरुआत के साथ ही मंच पर हलचल होने लगी तो दानिश चुपचाप बैठ गया।

स्वामी जी ने आरती की और फिर बातों का दौर चला। जीवन राम जी नाराज थे।

"पुलिस और प्रशासन हमारे खिलाफ ही रहते हैं। आश्रम को सुरक्षा के नाम पर बंद कर रखा है। जेल है यह एक तरह का। भाई-बंधु हमारे मरे। घर हमारे जले। दुष्ट लोगों ने हमारे आश्रम में आकर हमला किया और बंद भी हम ही हैं। यह कहाँ का इंसाफ है? चोर-डकैत सब खुले घूम रहे हैं और पुलिस हम लोगों को कह रही है कि जाँच होगी। आत्मरक्षा ना करें? दिख रहा हो कि अधर्म होना है, तो क्या करें, होने का इंतजार? स्वामी जी, आपको पता है, हम पर हमला किस ने किया? मैं बताता हूँ। छोटी सी बस्ती है मेरठ शहर के पास। वहीं लोग जमा हुए और चार किलोमीटर गाड़ी में चढ़कर आए। ये साजिश नहीं है? आत्मरक्षा में रखे डंडे साजिश दिखते हैं पुलिस को।"

जीवन राम जी सांस लेने को रुके, तो माहौल में तनाव भर चुका था। स्वामी जी ने उन्हें बैठने का इशारा किया पर वो खड़े ही रहे। स्वामी जी ने मुस्कुरा कर कहा, "साधु के लिए कभी नुकसान की स्थिति नहीं होती है जीवन। ना मोह, ना कामना और ना ही विछोह का दुख। हम लोगों का जो भी नुकसान हुआ वह हमारा निजी नहीं है, समाज का है। समाज को और तोड़ कर हम नुकसान पूरा नहीं कर सकते। खैर हम लोग तो जेल में हैं, फिर इतनी खबर कहाँ से मिलती है?"

जीवन राम ने तैश में कहा, "मेरा दिल साधु का नहीं बना गुरुजी। मैं तो परशुराम जी की राह पर हूँ। मेरा नुकसान इतना निजी था कि आत्मा तक छेद हो गया और मेरा क्रोध इतना जमा है कि मैं उस कस्बे को आग लगा दूँ। कहना आसान है, पर अगर उस रात हमारे पास हथियार नहीं होते तो हम में से अधिकतर बादलों के ऊपर से अहिल्या आश्रम की राख देख रहे होते। गुरुजी मेरे सूत्र हैं बाहर भी। अब मैं बाहर नहीं जा सकता पर वो तो मेरा काम कर ही सकते हैं ना। हाँ और, वो भी साधु नहीं है, सिर्फ हिंदू है।"

मंच पर सन्नाटा छा गया। पिछले कुछ महीनों से स्वामी जी का विरोध दबा-दबा चल रहा था, इतना प्रकट कभी नहीं हुआ था। जीवन राम जी ने मन की बात पूरे जोश से कह दी, वो भी हल्के हो गए। कुछ क्षणों के मौन के बाद स्वामी जी ने कहा- "तो क्या करना चाहते हो उस कस्बे का?"

"आग लगा देता। पर वो सब गाँव छोड़ कर भाग गए।"

"भाग गए।" स्वामी जी ने लम्बी सांस ली, "अपना घर-व्यापार छोड़ कर भाग जाना भी कष्ट है। सजा जैसा ही है। अगर तुम सोचो तो उन्हें सजा मिल गई। अब गुस्सा थूक दो।"

"गुरुजी, बात उनके सजा की नहीं है, हमारे बदले की है। बदला, ताकि भविष्य में दुबारा ऐसा ना हो। राम भगवान ने रावण को क्यों मारा। हरा कर छोड़ देते। मारा ताकि संदेश जाए, कि किसी और की नारी पर नजर डालना उचित नहीं। अपने गुनाहों से बचने के लिए गाँव वालों का भाग जाना कोई सजा नहीं है। जब भी हाथ आएँगे, उनका इंसाफ जरुर होगा।"

"अहिल्या आश्रम इतना प्रतिक्रियावादी और भौतिकवादी नहीं हो सकता है। जीवन, तुम इस आश्रम की शान हो, शांति से सोचो। तुम्हारी ताकत भी निजी नहीं है, उसके पीछे आश्रम का नाम है। ऐसे में परे हटकर सोचना उचित नहीं। हिंसा का रास्ता उचित नहीं। हम क्या चाहते थे? हम , तो नहीं कह सकते, पर तुम लोग क्या चाहते थे? मस्जिद गिरे, गिर गई। समझ लो यह सब कुर्बानी है। इसे जितना खींचेगे, हम अपने वास्तविक धर्म से उतना ही दूर चले जाएँगे। जब तुम्हारा लक्ष्य मिल गया तो इतना प्रतिशोध किस लिए?"

जीवन राम जवाब देना चाहते थे, पर चुप ही रहे। स्वामी जी की भाषा सख्त थी, उसमें आश्रम का मालिकाना हक झलक रहा था। चेतावनी थी और अनुरोध से ज्यादा निर्देश था।

"मानव इतिहास देखो, हमेशा शांति के लिए पीछे हटना कायरता नहीं है, समझदारी है। तुम उनके लोग मार दो, वो बदला लें, तुम्हारे मारें, फिर तुम्हारे लोग बदला लें और उनके मारें, अरे यह चक्र कैसे रुकेगा। जीवन, देश, संस्कृति, मनुष्य, प्रकृति -सबको आगे बढ़ना है, चक्र में नहीं फसना। कानून को अपना काम करने दो, हम अपने हिस्से का काम करें, यही उचित है।"

स्वामी जी की बात पहले से बस रही शांति को और गहरा कर गई। तहखाने के अंदर दानिश भी सांसे दबाए सुन रहा था। उसे सुकून था कि गाँव जला नहीं, लोग मरे नहीं। यह भी सुकून था कि आश्रम इतना संगठित नहीं कि खतरा बन सके।

ऊपर सभा खत्म हुई तो लोग तितर-बितर होने लगे। स्वामी जी भी संस्कृति के साथ ही अपनी कुटिया की ओर चल पड़े। अन्दर दानिश खुश था। उसके मन से बदले की भावना हट गई थी। कैसा बदला, तब मुनसफा पर हमला हुआ ही नहीं। उस जंग में तो आश्रम का ही नुकसान हुआ था, उसका बदला दानिश क्यों ले? स्वामी जी अच्छे आदमी प्रतीत हुए और आश्रम खतरा नहीं लगा। उसने मन में काम की सूची बना ली। आज शाम या रात वो फिर से भागेगा और इस बार डरेगा नहीं। अगर अब्बू नहीं है तो कोई बात नहीं। पुलिस को बता देगा कि वो दंगों से बचकर भागा है। पुलिस खुद ही बरेली वाले रिश्तेदारों के घर छुड़वा देगी। या पुलिस ना मिली तो घर में खिड़की से घुस कर रह लेगा। घर कैसा भी हो, तहखाने से तो अच्छा ही होगा। दो चार दिनों में अब्बू खुद ही ढूंढ लेंगे। दूसरा काम उसने सोचा कि खरगोश की लाश बाहर फेंक

देगा, क्योंकि बदबू होने का खतरा था और पकड़े जाने का भी। या फिर वहीं दबा दे मिट्टी में।

यह भी दिमाग में चला कि भागते समय किसी घर में आग लगाने का सोचना उचित नहीं। नफरत के चक्र में नहीं पड़ना हैं। पर बाहर मंच पर अभी भी चार-पाँच लोग थे जो कुछ नफरत से जुड़ी बातें कर रहे थे।

जीवन राम और केशव राम की बातों से इतना साफ पता लग रहा था कि वो स्वामी जी से खुश नहीं थे। ना तो संस्कृति को प्रधान बनाने पर, ना ही स्वामी जी की उदारवादी नीतियों से। स्वामी जी ने आश्रम का भविष्य कैसा होना चाहिए -बता दिया था। ऐसे में गर्म खून उबाल मार रहा था।

"जमीन आपके नाम हो सकती है पर यह आश्रम जमीन का टुकड़ा नहीं है। यह हिंदू धर्म का ध्वज आरोहक है। यह हम सबकी कर्म भूमि है। यह आश्रम सारे हिंदुओं को संस्कारों से, धर्म से जोड़ता है। ऐसे में धर्म विरुद्ध जाने की जिद निजी हठ है जो स्वीकार्य नहीं। हमने अपना पूरा यौवन इस जगह को समर्पित किया, इसीलिए कि सुनने को मिले कि यह तुम्हारा नहीं? ऐसे तो धरती मनुष्य की नहीं, भारत आर्यों की नहीं? जमीन हमें नहीं चाहिए पर कर्म हमसे छीना नहीं जा सकता।" जीवन राम ने कहा। सबने हूँ, हाँ की आवाजें निकाली।

"केशव भाई, आप भी कुछ कहो ना। अनुचित लगे तो मना कर दो, पर बताओ तो कि क्या करें?"

केशव राम चुपचाप खड़े थे। उन्होंने जीवन राम को देखा और बाकी तीनों लोगों को मुखातिव हुए, "मैं भी बात करुँगा गुरुजी से। हम सब उनके शिष्य हैं। जमीन भी उनकी, हम सब उनके। नाराज मत हो भाई। आप लोग जाओ, आराम करो। कल मैं बात करुँगा।"

जीवन राम आश्चर्य से केशवराम को देख रहे थे। जब बाकी तीनों चले गए तब केशव राम मुड़े और कहा, "धर्म हेतु दहन भी उचित, धर्म हेतु छल भी उचित। मुझे नहीं लगता कि गुरुजी बदलने वाले हैं। अगर किसी को विश्वास हो कि वो सही है तो यह सच्चाई उसके दिमाग पर एक आवरण की तरह छा जाती है, फिर ना तो इंसान उसके इतर कुछ सुन पाता है, ना ही सुनना चाहता है। ऐसे में अगर इंसान प्रभावशाली पद पर हो तब तो उसकी इस मनोदशा को हवा करने के लिए निम्न समझ के लोग भी खुद ही जुड़ जाते हैं। ऐसे में तुम्हारा उचित वाद भी विवाद ही लगेगा। बंधु जमीन से पानी निकालने के लिए पत्थर की सतह में छेद करना होता है, ना कि उससे वाद-विवाद।" जीवन राम के चेहरे से आश्चर्य का भाव हटा और ज्यादा आश्चर्य का भाव आ गया। केशवराम से सुनी हुई बातें नई थी, अलग थी।

"मतलब?"

केशव राम ने चारों तरफ देखा। दूर तक कोई नजर नहीं आया।

"स्वामी जी को रास्ते से हटाना होगा।"

दो मिनटों की खामोशी के बाद केशव राम फिर शुरु हुए, "मैंने फैसला कर लिया है। हिंदू संगठित रहें और संस्कृति आभामान रहे, इसके लिए हमें शुद्धिकरण की जरुरत है। स्वामी जी जैसे लोग हमें जीवन भर दास रखना चाहते हैं। मुगलों के दास, अंग्रजों के दास, सरकार के दास और अब उनके दास! अब आजादी चाहिए। प्रगति और संगठन चाहिए। उन्हें हटा कर, हम सब मिलकर, इस आश्रम को हिंदू संस्कृति और एकता का केन्द्र बनाएँगे। संघ और हिंदू परिषद, सब हमसे जुड़ेंगे और यह आश्रम तय करेगा की उत्तर प्रदेश में क्या होगा।" जीवन राम खुली आँखों से केशव राम का

नया रुप देख रहे थे। उन्होंने धीरे से कहा, "गुरुजी साधारण मनुष्य नहीं है। खतरा बहुत होगा।"

"पता है। साधारण मनुष्य नहीं पर प्राण तो साधारण ही है। खतरा सब मेरा है। तुम भूल जाओ कि तुम्हें कुछ पता है। बस उनसे वाद-प्रतिवाद मत करो, वरना तुम पर शक हो जाएगा।"

जीवन राम मुस्कुरा उठे। पिछले कुछ समय से जो वाद-विवाद का हिसाब चला था, वो तो कुछ सालों में भूलने लायक होगा। क्षण भर रुक कर वो बोले, "मथुरा में दीदी है मेरी, आप कहो तो उसे बीमार कर दूँ।"

"नहीं। आप बस थोड़ी देर बाद, लगभग चार बजे के आस पास संस्कृति से मिलो, उसे कम से कम तीन घंटे समझाओ कि आपका विवाद सिर्फ विवाद है, आश्रम की भलाई हेतु है और आप स्वामी जी के कितने सच्चे भक्त हो। उधर ही रहो, उसकी आँखों के सामने। चाहे वहीं लस्सी पियो या चक्कर खाकर लेटो, उधर ही रहो।"

जीवन राम ने निचले होठ से ऊपर के होठ दबाए और सिर ऊपर नीचे करके रजामंदी दे दी।

आसमान, हवा, भगवान, सपने.........सब भगवान ने बराबर बाँट दिए। नहीं देखा कि लेने वाला छोटा है या बड़ा, गरीब या अमीर, नास्तिक या आस्तिक! उसी तरह भगवान ने प्राण भी उतनी ही मधुरता से सबको दिया -बराबर सा। तभी तो प्राण सबको प्रिय है। हाँ इंसान मंहगा या सस्ता हो सकता है।

शाम आठ बजे जब स्वामी जी आश्रम के अंदर चहल-कदमी करने निकले तो अंधेरा था। शाम की गोष्ठी छोटी हुई थी पर ठीक थी। वो आदतन पूरी परिधि का अंदरुनी मुआयना करते और फिर कुटिया में जाते थे। "मैं अपने आप के साथ घूम रहा हूँ" यह उनका तरीका था, इस तरह के विचरण को समझाने का। अंधेरे में उन्होने मंच के बगल से आ रहे इशारे को देख लिया। नजदीक जाकर देखा तो केशव राम दिखे। हाथ पीछे बांधे, सिर झुकाए, शांत।

"क्या हुआ केशव?"

"आप मुझे समझ नहीं पा रहे गुरुजी।" केशव ने धीरे से कहा।

"हमारा मन जुड़ा हुआ है केशव, समझ जाऊँगा। समय सबसे बड़ी तारणी है, पार लगा देगी।" स्वामी जी ने मुस्कुरा कर कहा।

"शायद, यहाँ या वहाँ, कहीं तो आप मान ही लोगे कि मैं गलत नहीं। आपको मुझ पर गर्व होगा गुरुजी, शर्म नहीं" केशव राम ने झुककर स्वामी जी के चरण छुए। स्वामी जी ने हाथ बढ़ा कर उसे गले लगाने के लिए झुके तो मानो कूएँ में गिर गए हों। ना दर्द, ना डर, बस शून्य की तरफ बढ़ने का अहसास। मानो काली चादर ऊपर से नीचे धीरे धीरे गिरने लगी। मानो खेलते -खेलते नींद आ गई हो। केशव राम के हाथ, उस एक फुट के चाकू को मजबूती से पकड़े हुए थे। स्वामी जी की जीवन पर पकड़ और अपने आप पर भरोसा उतना मजबूत ना रहा। बस मुँह से निकला "केशव.........

राम" और वो वहीं गिर गए। केशव राम ने चाकू बाहर खींचा तो खून तेजी से बाहर जमीन ढूंढने निकल पड़ा। उन्होंने हत्थे पर लिपटा रुमाल अलग किया और पत्तों की मदद से चाकू पकड़ कर मंच के नीचे बने रोशनदान में फेंक दिया। दो मिनटों के बाद उनके भी चीखने की आवाजें आई, पहले हल्की फिर तेज। लोग भागे और टार्च, मशाल की रोशनी आ गई। दरवाजे पर खड़े पुलिसवाले भी अंदर भागे। खून से लथपथ केशव राम, एक हाथ से अपना सिर संभाल रहे थे, दूसरे से अपने गोद में पड़े स्वामी जी को। उन्होने इशारा किया, उधर भागे दोनो.......पकड़ो......।

दीवार वहाँ से बीस मीटर ही दूर थी। खून के निशान दीवार पर पेड़ पर हर तरफ थे। अंदाजा लगाना आसान था कि हमलावर पेड़ के सहारे, दीवार कूद कर भाग गया। सब स्तब्ध थे। संस्कृति ने स्वामी जी का शरीर संभाला तो जीवन राम ने घायल केशवराम को सहारा दिया। वो उनको लेकर अपनी कुटिया तक आ गए।

रात हुई पर अंधेरा कम था। आश्रम में मंच के आगे का हिस्सा पुलिस ने अपने कब्जे में ले लिया था। भय था कि दंगे ना हो, इसीलिए किसी का भी अहिल्या आश्रम में प्रवेश वर्जित हो गया। वैसे भी राष्ट्रपति शासन में लोग कम ही निकल रहे थे। मंच के नीचे छिपा दानिश भय से कांप रहा था। खून सना चाकू उसके बगल में गिरा हुआ था और रोशनदान से दस -बीस मीटर पर ही भारी पुलिस बल अपनी जाँच में लगा हुआ था।

केशव राम अस्पताल चले गए। बाकी सब स्तब्ध और मृतप्राय। दानिश जब भीड़ का हिस्सा बन कर आश्रम में आया था, तब वह मानसिक रुप से हमलावर था। तब उसे पता था कि जो सामने आए, उसके सिर पर पूरे जोर से मारना है। पर अब वो छिपा हुआ युवा था जिसके सामने स्वामी जी बेआवाज मर गए थे। आँखें बंद करके भी उसे वही दृश्य नजर आता जब स्वामी जी गिरे और फव्वारे की तरह खून बह पड़ा। आँखें खोले तो भी वही दृश्य। ऐसे में, उसी खून से लथपथ चाकू उसके बगल में गिरा पड़ा था। नींद -भूख-प्यास सब उड़न छू हो गई।

बस उसको यही समझ आया कि कैसे भी यहाँ से निकलना है। कल दिन वो पकड़ा जाए और चाकू के साथ पकड़ा जाए, तो सब निर्विवाद उसे ही हत्यारा मानेंगे। बस निकलना है।

जब दानिश अंधेरे में निकलने की सोच रहा था तभी संस्कृति भी पीछे ही पौधों के पास खड़ी थी। एक खरगोश तो उसके पैरों के पास अपनी व्यथा कह रहा था पर दूसरा कहीं नजर नहीं आ रहा था। अपने पिता तुल्य स्वामी जी के मौत पर रोने के लिए इससे ज्यादा उपयुक्त जगह नहीं थी। वो वहीं, झाड़ियों के पास, बैठी, चुपचाप आँसू बहा रही थी। जहाँ तक यादाश्त पीछे देख पाती, उसे स्वामी जी अपने ऊपर छाता बनकर फैले नजर आते थे। बिना

किसी स्वार्थ के उन्होंने एक गरीब लड़की को अनाथ होने से बचा लिया था। इतना भरोसा कि पूरी संपत्ति भी उसके नाम कर दिया, जबकि दूसरे योग्य लोग भी थे। स्वामी जी तो अहिंसावादी थे, फिर भी मारे गए। संस्कृति शून्य में उन्हें तलाशती फिर एक पत्ती तोड़ कर खरगोश को दे देती थी। खरगोश उसे दांत लगाता, फिर छोड़ कर संस्कृति के पैर पर अपने पंजे से थपकियाँ देता। यही क्रम कई देर से कई बार चल चुका था।

जब दानिश ने तहखाने से बाहर आने के लिए हाथ बढ़ाया तो संस्कृति को वह आहट दूसरे खरगोश की लगी। उसने वापिस अपना ध्यान शून्य में लगा दिया। पर जैसे ही दानिश रेंग कर बाहर आया सामने बैठी संस्कृति से नजरें मिल गईं। दहशत दोनो के बदन में फैल गई। दानिश तो मानो मौत से मिल गया हो। वो वहीं संस्कृति के कदमों में लेट गया।

"दीदी, मैंने नहीं मारा है। मैंने नहीं मारा। अल्लाह का वास्ता, मुझे बचा लो।"

संस्कृति सदमें और डर से बाहर आयी। "कौन हो तुम?"

"देखा तो लोग स्वामी को मार रहे थे। मैं तो अंदर डर से छुपा हुआ था।"

संस्कृति ने दानिश के बैठने का इशारा किया। "कौन हो तुम! तुम चलकर पुलिस को बताओ कि तुमने क्या देखा।"

"नहीं, दीदी, पुलिस मुझे ही ले जाएगी। मैंने बातें सुनी, उनके मुँह नहीं देखे। पर मैंने नहीं मारा। लोग पकड़ लेंगे तो मुझे मार डालेंगे। मेरा यकीन करो, मैंने नहीं मारा।" दानिश बैठकर भी कांप रहा था।

"तुमने मारा या नहीं मारा, बाबा तो मर गए ना। पर तुम कौन हो?"

दानिश बार बार हाथ जोड़कर दबे शब्दों में यही कहता रहा, "मुझे बचा लो, मैंने नहीं मारा।"

संस्कृति ने अपना केसरिया दुप्पट्टा दानिश के कंधे पर ओढा दिया और कहा, "डरो मत। आश्रम में हम अतिथियों पर हमला नहीं करते। बिना डरे मेरे पीछे आ जाओ।"

अंधेरा घिर रहा था। इक्का दुक्का लोग ही बाहर थे। कुछ केशव राम के साथ अस्पताल चले गए थे, कुछ पुलिस के साथ खड़े थे, बाकी कुटिया में बैठे शोक मना रहे थे। संस्कृति दानिश को लेकर अपनी कुटिया में आ गई। उसे पानी पिलाया और रोशनी में पहली बार पूरा देखा। दानिश पतला-दुबला, घुंघराले वालों वाला, युवा जिसके हाथ, गाल सब जगह मिट्टी लगी हुई थी।

"मुँह-हाथ धो लो। कुछ खाओगे?"

दानिश चुपचाप उठा और इशारे की तरफ जाकर मुँह-हाथ धो आया। संस्कृति ने तीन केले आगे कर दिए। दानिश ने चुपचाप केले खा लिए।

"अपना नाम बताओ। डरो मत, मुझे तुम्हें पकड़वाना होता तो यहाँ नहीं लाती। सच सच बताओ। सब कुछ।"

"दानिश अहमद" दानिश ने डरते -डरते सारी कहानी संस्कृति के आगे खोल दी। किस तरह वो आश्रम आया और कैसे फँस गया, सब कुछ।" संस्कृति चुपचाप सुनती रही। उसके दिमाग में बस यही चल रहा था कि बाबा ऐसी परिस्थिति में कैसा बर्ताव करते, मुझे वैसा ही करना है।

"मैंने दंगे में भाग जरुर लिया, मेरी गलती है पर मैंने तुम्हारे स्वामी को नहीं मारा।" सब कह कर दानिश ने सरांश बताया।

"अब क्या हो रहा है?"

"अब, कोई भैया हैं, जो अंदर के ही हैं, उन्होंने दो तीन लोगों को समझाया कि स्वामी जी को रास्ते से हटाना होगा। मैंने शक्ल देखी उसकी, मैंने आवाजे सुनी। कोई है जो स्वामी बनेगा या शायद बनेगी और वो बेकार है। उसी से आश्रम को बचाने की बातें हो रही थी। वो लोग बार-बार यही कह रहे थे कि आश्रम को बचाना है, हिंदू लोगों को बचाना है। फिर स्वामी माना नहीं शायद, इसीलिए मार दिया। मुझे इतना समझ आया। स्वामी मेरे सामने ही मरे। मैंने झरोखे से देखा।"

संस्कृति ने आँखे भींच कर बंद की तो आँसू के कतरे कोनों से बाहर बह निकले।

"कैसे थे बाबा? क्या वो चीखे??"

"नहीं, उसने राम पुकारा था........केशव राम......."

संस्कृति को पता था कि केशव राम जी ही आखिरी वक्त में स्वामी जी के साथ थे। उसने कुछ जवाब नहीं दिया।

"दीदी, मैं पहचानता हूँ, शक्ल से। मैं देखकर बता दूँगा कौन था?"?

संस्कृति कुछ देर तक दोनो हाथों से चेहरे को ढक कर बैठी रही, फिर अचानक बोली, "तो तुम भागे क्यों नहीं? यहीं बसने का इरादा था क्या?"

"घर पर क्या, पूरे मुहल्ले में कोई नहीं था। मैं देखने गया था उनको। फिर पुलिस ही पुलिस थी। तो क्या करता!"

"तो अब कहाँ भागना चाहता है?"

"पता नहीं दीदी। पर इधर तो मेरे को ही पकड़ेंगे। फिर इस आश्रम में अंदर भी खतरा बराबर है। सब आपके जैसे या स्वामी जी जैसे थोड़े ही हैं। डर लगता है ना?"

"देख भाई दानिश। हमें तेरे अल्लाह से कोई चिढ़ नहीं पर यह आश्रम राम जी के भक्तों का है। कुछ दिनों तक, जब तक तेरा ठिकाना मिल ना जाए, यहाँ रह सकता है। बस अपनी जुबान पर संयम रखना। जब थोड़ा माहौल ठीक हो, तो चले जाना।"

"दीदी, यहाँ लोग स्वामी तो पंसद नहीं करते, मेरे को क्या रहने देंगे?"

संस्कृति ने अपनी खुली हथेली की ओर देखकर कहा, "दानिश, अब तक बाबा मुझे प्रमुख बनाना चाह रहे थे और यह मुझे सिर पर बोझ लग रहा था। पर अब मुझे चारों तरफ, ठंड में लिपटी गर्माइश देती चादर लग रही है। मानो बाबा खुद हों। मानो मैं चार साल की हूँ और बाबा ने मुझे पकड़ कर कहा हो -मैंने हाथ लगा रखा है, नहीं गिरेगी। और अब, जब इस आश्रम की प्रमुख तुम्हें रहने का आश्वासन दे रही है तो डर कैसा। आज रात छुपे रहो, कल जब भीड़ आएगी, तब तुम बाबा के परम भक्त बनकर आ जाना। बस कुछ चीजें रट लो। तुम्हारा नाम दानिश नहीं है। एकलव्य है और यह नाम बाबा ने दिया था। तुम चार साल की उम्र में ही बाबा को मिल गए थे। अभी उत्तर भारत में घूम रहे थे। घूम घूम कर तुमने उर्दू भी सीखी। बस, अब मैंने संदेश भेजा था।"

दानिश चुपचाप सुनता रहा। जीवन बचाना जरुरी है तभी जीवन के बाकी मापदंडो पर बात होगी।

"तुम यहीं, इस बेड के नीचे सो जाओ। सुबह उठेंगे तब आगे काम होगा।"

दिसम्बर की रात शाम से ही शुरु हो जाती है। दिन और रात में सूरज ढलने की परिभाषा काम नहीं आती। एक-दो घंटों के लिए सूरज अपनी उग्रता दिखला पाता है, बाकी तो, धुंध और अंधेरा इस तरह फैलते हैं जैसे पानी पर पड़ा काला रंग। रातें इतनी लम्बी कि खत्म ना हो, दिन इतने छोटे कि शुरु होते ही कम पड़ने लगे। रात की खामोशी में खाट के ऊपर संस्कृति चुपचाप पड़ी थी। दीये की रोशनी में हल्के भूरे -ज्यादा काले दिख रहे छत को तकती। एक-एक कर अलग अलग लोगों की परछाई सामने आ रही थी और चुपचाप उसे समझा रही थी। एक परछाई आई तो चेहरा नहीं था। शायद उसके दादा जी, जिसके बारे में कई बार माँ ने बताया था। दादा जी मास्टर थे, कड़क और उसूलों वाले। वो दहाड़े, पर आवाज नहीं हुई, "खून हो तुम हमारा। चाह कर भी खून अलग नहीं हो सकता। जब तुम जिम्मेदारियों से डरोगे तो क्या मुँह दिखलाऊँगा मैं। उठो, खड़े हो और एक डंडा लेकर मंच पर चढ़ जाओ। चिल्ला कर कह दो कि तुम ही प्रधान हो। जिसको लड़ना है सामने आए। कायरों की अस्मत नहीं होती, भीरु लोगों का कोई इतिहास नहीं होता। डरना कैसा!"

दूसरी परछाई तो माँ की थी। माँ तो दूसरी कुटिया में सो रही थी। सरयू राम के नहीं लौटने के बाद से उनकी पत्नी और माँ साथ रहने लगे थे। पर परछाई में माँ अकेली थी, "बेटी, हम साधारण लोग हैं। गाय पर पंख लगा देने से गाय उड़ने नहीं लगेगी। बेटी, हमारा जीवन पहले से निर्धारित सांचे में ढल कर आता है। तू मेरी लक्ष्मी है, पार्वती है, दुर्गा माँ नहीं है। बाबा जी हमारे ऊपर भगवान का वरदान थे। हम उनको नहीं बचा सके, खुद को कैसे बचाएँगे, आश्रम को कैसे बचाएँगे। मुझे तो अपनी गोद में बेटी चाहिए, प्रधान नहीं। आश्रम हमारा थोड़े ही है, यह तो धर्मशाला, मंदिर या गंगा घाट जैसा है। इस पर रहना है, कब्जाना नहीं है। तू

बात समझ बेटी। बाबा का प्यार, उनके फैसले पर हावी हो गया। या फिर वो तेरे सिर पर रहते तो तू यह सब सीख भी जाती। अब अलग हालात हैं। आश्रम, आश्रम के वरिष्ठ लोगों को चलाने दे।" संस्कृति ने पलक झपकी तो परछाई भी बदल गई। बच्चा आया और चिल्लाया, "मैंने नहीं मारा किसी को भी।" फिर पीछे से भीड़ आयी, "तो क्या इंतजार करें कि तुम मौका देखकर मार दो? सिर पर सांप बैठा हो तो काटने का इंतजार करें? इसका फन यहीं कुचल दो। फिर इतने लोगों को पहले भी इसके साथ वालों ने ही मारा होगा ना। स्वामी जी को भी इसके घर-कुनबे वालों ने ही मारा होगा। जो अपने ऊपर दया और सद्भावना दखने वाले स्वामी जी को नहीं छोड़े, वो दया लायक नहीं। तुम्हें कुछ करना नहीं है, हमें पता बता दो। बाकी हम कर लेंगे।" परछाईयाँ हटी तो कान में घुस कर बोलने लगीं- "मारो, मारो।"

संस्कृति ने करवट बदली तो दूर खड़े बाबा भी दिखला दिए।

"जीवन का अंत दुखद होता है। इसमें तीन तत्व शामिल हैं - शरीर, आत्मा और कर्म। शरीर का अंत जरुरी है क्योंकि यह बना ही एक्सपायरी डेट के साथ है। उसके बाद जिंदा शरीर भी खराब हो चुकी दवाई की तरह हो जाता है जिसका ना तो उपयोग है, ना प्रयोजन। शरीर के जाने का शोक क्षणिक है पर वह पुराने लगाव की वजह से जरुरी भी है। जैसे चोट लगने पर रोना उचित है, उसी तरह शरीर -मृत्यु पर शोक भी उचित है। दूसरा तत्व है आत्मा! वो शरीर से मुक्त होकर वापिस प्रभु के पास चली जाती है। वो ना तो सड़ेगी ना यहाँ विधि विधानों में उलझेगी। उस पर हमारा ना तो लगाव है, ना ही जोर। तीसरा तत्व है कर्म। अगर हमारे कर्म अच्छे हैं तो वो यहीं रहेंगे। वो अच्छी यादें बनकर खुशियाँ फैलाएँगे, अच्छे आदर्श बनकर लोगों को उसी दिशा में चलने को प्रेरित करेंगे। और अगर कर्म बुरे हैं तो लम्बे समय तक बुराईयों का दंश झेलेंगे। बुरे कर्म भी उदाहरण बनेंगे और नकारात्मक शक्ति

की तरह जाने जाएँगे। अब यह तीसरा तत्व हमारे हाथ में है और यही हमारी पीढ़ियों के काम आएगा। मेरे बाद अगर तुम मुझसे बेहतर हो तो यही सफलता है।

इसीलिए इंसान को कर्म का चयन काफी संयम से करना चाहिए। हर दुविधा में सोचो कि श्रीराम क्या करते, सोचो कि महात्मा गांधी क्या सलाह देते। अच्छी दिशाओं से रोशनी लो, रास्ता खुद मिलेगा। शरणागत की रक्षा पुण्य है। निरपराध की रक्षा जरुरी है, यही अपराध को निरपराध से अलग करता है। युवा, हम सबका हिस्सा है, भविष्य है। उसे बचाना उचित है।"

बच्चे की परछाई फिर चिल्लाई, "मैंने नहीं मारा किसी को, दीदी।"

भीड़ भी चिल्लाई, "आश्रम की यही राय है, खून का बदला खून।"

बाबा बोलना चाह रहे थे कि एक बेशक्ल परछाई आगे आयी और चाकू बाबा के पेट में घुसेड़ दी। बच्चा फिर चिल्लाया, "मैंने शक्ल देख ली, मैं बताऊँ?"

"कर्म और आत्मा नहीं मरेगी" बाबा बुदबुदाए।

संस्कृति उठ कर बैठ गई। चेहरे पर तनाव ने गर्माइश ला रखी थी। बिस्तर के नीचे भी खट-पट हुई तो उसने एक चादर नीचे सरका दिया, "ओढ़ लो, ठंढ बहुत है।"

पता नहीं कितनी देर और कब नींद आई, पर सुबह आँखें खुली तो उजाला हो चुका था। संस्कृति ने सबसे पहले नीचे देखा तो दानिश जाग चुका था पर खाट के नीचे ही दुबका हुआ था। "बाहर आ जा।" कह कर संस्कृति ने अपने मन के दुविधाओं को दूर किया। "उधर शौचालय है। मुँह-हाथ धो ले और तैयार हो जा। बारह बजे से पहले बाहर मत आना कमरे से। मैं बता दूँ तभी आना। और बता क्या नाम है तेरा?"

"दानिश"

"नहीं, पागल मारा जाएगा। एकलव्य............। कहानी मत भूल।"

संस्कृति बाहर दरवाजे पर ही मूढ़ा लेकर बैठ गई, मानो कुटिया की रखवाली कर रही हो। लोग आने लगे थे। कुछ संघ के तो कुछ आम जनता। पुलिस, नेता, अफसर..........सब धीरे धीरे आने लगे। अधिकतर लोग स्वामी जी को याद करते, हत्या की जगह देखते और संस्कृति को आशीष देकर जा रहे थे। वो ही आश्रम की कानूनी वारिस थी। लगभग पचासों लोग मिल चुके। स्वामी जी का शरीर तो पोस्टमार्टम के लिए सुबह ही चला गया था। वापिस आकर उसे आश्रम में कुछ घंटो तक रखना था और कल संस्कार होना था। जब भीड़ कम होने लगी तब संस्कृति ने दानिश को भी साथ बुलाकर खड़ा कर लिया। इतने लोगों में दानिश, अपने सिर पर गमछा रखे, इस कदर मिल गया मानो उनके साथ ही आया हो। संस्कृति ने घोषणा कर दी कि तीन बजे मंच पर गोष्ठी होगी। इतने बड़े हादसे के बाद सबको ही गोष्ठी की जरुरत थी।

"कुछ बातें बतानी जरुरी है, जो हम सब साथ सुने तो ही अच्छा है।" संस्कृति ने मंच से बोलना शुरु किया तो शांति छा गई।

संस्कृति को अहिल्या आश्रम ने चहकते, हँसते, खिलखिलाते, पूछते देखा था, आज वो बोल रही थी। "एक सत्य यह है कि बाबा इस आश्रम के मालिक थे। यह जमीन उनके नाम थी, यह आश्रम उनके नाम था पर बड़ा सत्य यह भी है कि यह आश्रम आप सबका है। सिर्फ आपका ही नहीं, हर उस मनुष्य का है जो हमारी विचारधारा समझता हो, समझना चाहता हो या इसमें योगदान देना चाहता है। दीवारें और रजिस्ट्री की मुहर जमीन को बांट सकती है, अहिल्या आश्रम को नहीं। बाबा ने मुझे प्रधान घोषित किया तो कुछ उचित अवरोध उठे थे। यकीन मानिए, जितने आपके मन में प्रश्न उठे, उससे ज्यादा संशय मेरे मन में उठा। जमीन की रखवाली का काम, धर्म की रखवाली का काम, मालिकाना नहीं, सेवक -सेविका का काम है। बाबा के बंटवारे के पीछे का ज्ञान वो ही जानते थे, पर यह आश्रम आप सबका है, सो अपने घर में, अपने अधिकार या सम्मान के लिए संशित ना हों। दूसरी बात यह है कि कल तक मुझे यकीन नहीं था कि बाबा मुझे कितनी जल्दी, कितना दक्ष बना पाएँगे कि मैं यह संभाल सकूँ। माँ को भी डर था और आप लोगों को भी। पर जब बाबा की लाश देखी तो पूरी रात सोचने का मौका। हानि, लाभ, जीवन, मरण, यश, अपयश विधि हाथ। हमें लगता है कि आगे की योजना बनाना जरुरी है पर योजना का अधिकार प्रभु का है। आपकी योजना अच्छी मानी जाएगी अगर आपने प्रभु की योजना का अंदाजा लगा लिया तो। रात भर रोई, रात भर नहीं सोई और आज निडर होकर कह रही हूँ कि मैं तैयार हूँ। मैं इस जिम्मेदारी के लिए तैयार हूँ। मैं इसके साथ आने वाले उस खतरे के लिए भी तैयार हूँ जिसने बाबा की जान ली। मैं धक्के खाने, जेल जाने, चाकू-छूरी सबके लिए तैयार हूँ। आप लोग परिवार हैं और साथ हैं। बस यही बल है और यही सत्य है।" लोगों में हलचल हो गई। कुछ तालियाँ बजी तो संक्रमित होकर हर तरफ से बजने लगी। कोने में खड़ी माँ ने देखा, बेटी बदल गई थी। जीवन राम, केशव राम सबने देखा कि संस्कृति पर दुर्गा माँ की छाया है।

"बाबा कैसे मरे, किसने मारा....यह पुलिस महकमा ढूंढेगा। पर दुनिया में हर जगह आँखें है। कुछ आँखों ने मुझे कुछ कहा, कुछ कानों ने शक जाहिर किया। मैंने सुनने से मना कर दिया। जो कि परिवार जान लेना चाहे तो मेरी जान ले ले। मैं जानना नहीं चाहती कि कौन, कहाँ तक बाबा के लिए दोषी है। अहिल्या आश्रम को आपकी जरुरत है। पुरानी बातें छोड़ कर साथ आना होगा। साथ आइए।"

लोगों ने संस्कृति के उठे हाथ के समर्थन में हाथ उठा दिए। हलचल कोलाहल में बदल गई। संस्कृति ने कोने में खड़े दानिश को बुलाया और उसके हाथ को पकड़ कर कहा, "यह एकलव्य है, बाबा का धर्मपुत्र, शिष्य, जो भी समझिए। बाबा ने इसे मेरी मदद के लिए बुलाया था पर अफसोस कि वो इससे मिल नहीं पाए। यह हिमालय की तरफ ज्ञानार्जन पर थे, अब हमारे परिवार का हिस्सा हैं। इसके अलावा बाबा ने मुझे कहा था कि केशव चाचा और जीवन चाचा पथप्रदर्शक रहेंगे। आप सब पथप्रदर्शक भी रहेंगे और सहयात्री भी। यही बाबा को श्रधांजलि होगी। श्रीराम की जय हो!"

संस्कृति की बातें खत्म हुई तो हवा में समर्थन था। मनुष्य क्या, मिट्टी क्या, पेड़ पौधे, बादल आसमान सब समर्थन में दिखे।

तीन महीनों में मौसम भी बदल गया और मिजाज भी। उत्तर प्रदेश से राष्ट्रपति शासन हट गया था और जिन्दगी सामान्य हो गई थी। लगभग दस दिनों पहले भी दानिश ने अपने गाँव का चक्कर लगाया था तो सब बंद ही मिला था। परिवार ना मिल पाने के गम के साथ ही संस्कृति और अहिल्या आश्रम का असर उसके ऊपर आने लगा था। संस्कृति ने प्रधान का पद इस जोर से पकड़ा कि एक महीने में ही अहिल्या आश्रम उसका कायल हो गया। समितियाँ बनी, सलाहकार बने। केशव राम जी सात स्कूलों के रखरखाव के जिम्मेदारी में व्यस्त हो गए और जीवन राम अकेले कुढ़ते रहे। पर वक्त के साथ वह जलन भी कम हो रही थी।

पर दानिश के दिमाग में सवालों का ज्वार उठता रहता था। हर तरह के सवाल, अब्बा, दादी, मुनसफा से जुड़े सवाल तो कभी आश्रम से जुड़े सवाल। "दीदी, आप लोग इस अहिल्या आश्रम में करना क्या चाहते हो?" उसने सादगी से अपना सवाल पूछा तो संस्कृति ने सिर घुमाया।

"मतलब?"

"मतलब कि हर काम की एक वजह होती है। अब हमारे यहाँ अब्बू बताते थे कि हमारे जीने-मरने की वजह है। अल्लाह का पैगाम फैलाना है। वो कहते थे कि हमारा जीवन तो हवा जैसा है। कब बहेगा, कब थमेगा पता नहीं। अल्लाह का पैगाम खुशबू है। जो अगर हवा ने ओढ ली तो बहती हवा भी अच्छी है और थमी हवा भी। तो हमारा मकसद था, आपका क्या है?"

संस्कृति ने सामने रखी किताबों पर हाथ रखा, "गीता पढ़ी तुमने?"

"थोड़ी सी, लगभग आधी।"

"पूरी पढ़ना, अच्छी किताब है। ज्ञान के बारे में है। अब इससे पहले कि मैं तुम्हे जबाब बताऊँ, कुछ चीजें याद रखो। वजह नहीं कारण, अब्बू नहीं बाबा, अल्लाह नहीं ऊपर वाले, पैगाम नहीं संदेश और मकसद नहीं लक्ष्य। और तुम एकलव्य हो, दानिश नहीं।" बोलते-बोलते संस्कृति भी हँस पड़ी और दानिश भी।

"अब सुनो जवाब। हर धर्म अलग अलग मतों से बना। मत यानि सहमति कि इस तरह जीना हितकारी है। समय बदला तो जनमत भी बदला पर धर्म रुक गया। धर्म तो पुराने चावल जैसा हो गया। हमें अपने संविधान से ज्यादा हम्बुराबी के कानून आकर्षित करते हैं। जो जितना पुराना, जनमानस उसे उतना सटीक मानेगा। मुझे इस्लाम का ज्यादा पता नहीं पर हिंदू धर्म और खासकर सनातन धर्म का मर्म समझ आता है। धर्म हम सबमें है, हमारे अंदर, आत्मा के साथ बैठा है। धर्म जीने की पद्धति बताता है। वो हमें बताता है कि हमें सूरज को धन्यवाद करना चाहिए, नदियों को पूजना चाहिए और निर्बल की सहायता करनी चाहिए। धर्म बताता है कि बुरा वक्त आए तो भी सत्य पर डट जाओ। हार-जीत से परे, हानि-लाभ से परे और जीवन-मृत्यु से परे, कर्म को सूरज से तेज बनाकर जिओ।

अब यह जतन है, मेहनत है, त्याग है। राम जी बनना है तो जंगल को तैयार रहो और रावण बनना है तो विनाश को तैयार रहो। अब इस धर्म को कैसे फैलाएँ? हम लोग राम कथा सुनाते हैं, जो सुनकर कर्म अपना ले वो रघुवंशी, वरना ठीक है। यह तो अर्जित करना होता है।"

दानिश ने मुस्कुरा कर पूछा, "इतने तो लोग अर्जित करने की मेहनत करते नहीं दिखते, जितने हिंदू घूम रहे हैं।"

"भाई, यह भी ज्ञान की बातें हैं। धर्म-आचरण और धर्मावरण का फर्क है। जो हिंदू घर में पैदा हुआ, वो जन्म से हिंदू है। जो

धर्म की बातें जानता है, सुनकर या पढ़कर सीख गया है, वो ज्ञान से हिंदू है, धर्म ज्ञानी है। और जो धर्म को कर्म में लाता है, वो धर्माचरण कर रहा है। अब कर्म, ज्ञान से और ज्ञान जन्म से बेहतर है। जो भीड़ हिंदू है, वो जन्म से हिंदू हैं। जो मंदिरों में, तीर्थों पर जा रहे हैं वो ज्ञान से हिंदू हैं। और जो रामराज्य की कोशिश में लगे हुए हैं, चाहे किसी की मदद हो या जमीन की सेवा, वो आचरण या कर्म से हिंदू हैं।"

"हूँ" दानिश ने बात की गंभीरता पर हामी भरी, "तो हम लोग ज्ञान वाले मुसलमान बना रहे हैं।"

"अगर वो मुसलमान बनने के बाद कुरान पढ़े तब! और अगर पढ़ें और उस पर चलें तब तो ज्ञान और कर्म दोनो के हो गए।"

दानिश ने हँस कर कहा, "दीदी, मैं तो जन्म से ही मुसलमान हुआ। ना तो पढ़ा ना ही माना। जब पता ही नहीं करना क्या है तो मानूं कैसे?"

"कोई बात नहीं भाई, कुछ महीनों में तुम ज्ञान और कर्म से हिंदू बन जाओगे। अहिल्या आश्रम का इतना असर तो होगा ही।"

"पर दीदी, आप लोगों का लक्ष्य क्या है?"

"धर्माचरण! धर्म को अपनाना, अनुसरण करना ताकि इह लोक और परलोक, दोनों में शांति हो। हम लोग वो बच्चे हैं जो पुस्तकालय में बैठ कर पढ़ाई कर रहे हैं। इससे हमारी आत्मशुद्धि हो रही है। हमारा ज्ञान बढ़ रहा है। पुस्तकालय खुला है, जिसको आना है, आकर पढ़े, ज्ञानी बने। हम ना तो बुला रहे, ना रजिस्टर पर हाजरी लगा रहे। अहिल्या आश्रम का लक्ष्य यही है कि जो आए, वो धर्मसंगत जीवन को अपनाए।"

दानिश ने खड़े होकर अपने कपड़े झाड़े और बोला, "चलो दीदी, खाना खाते हैं। आज के लिए तो काफी ज्ञान हो गया। अगर सारे लोग इसको अपने काम में उतारते हैं तो अच्छा है।" उसने प्रश्नवाचक निगाहों से संस्कृति की ओर देखा। उसका इशारा उन लोगों पर था जो क्रोध, बदला, और नफरत भी पालते थे।

"सब प्रभु के रुप हैं। धर्म अपना असर दिखलाएगा और उन्हें सही गलत का अहसास हो जाएगा।"

दानिश, जो कि एकलव्य के रुप में समा चुका था, अब एक अलग कुटिया में रहता था। कई बार चुपचाप, छिपकर नमाज पढ़ने की कोशिश कर लेता तो कई बार अब्बू को याद कर लेता था। कम लोग ही उसकी कुटिया में जाते थे। वो ना तो प्रधान था, ना ही दावेदार। हाँ संस्कृति के आस पास दिखता था तो लोग उसे चमचा और शिष्य के तबके का मानते थे। उसे इससे कोई एतराज भी नहीं था। उसका मानना था कि कौन सी गृहस्थी बसानी है, घर वाले मिलें तो निकलना ही है। ऐसे में उसके दरवाजे पर दस्तक होना, वो भी शाम ढलने के बाद, अलग था। उसने दरवाजा खोला तो जीवन राम खड़े मिले। "अंदर आ जाऊँ बंधू?"

उनके इस सवाल से दानिश कांप गया। जब राज छिपा होता है तो लगभग उतना ही डर होता है जितना राज प्रकट होने पर हो। उसने कहा-"जरुर। आईए।"

"सोचा आज आपसे बात करें। अगर कुछ विशेष कार्य ना हो तो समय बिताया जा सकता है। आपको जानना और समझना है।"

"जरुर, जरुर,। शुक्रिया।" बोलने के बाद दानिश को संस्कृति की बात याद आई, "शुक्रिया नहीं धन्यवाद।"

जीवन राम जी उससे पूछते रहे कि बचपन कैसा था, स्वामी जी कब मिले। फिर बात देशाटन पर आयी तो समस्या बढ़ गई। पहली मुलाकात के वक्त संस्कृति ने सबको बताया था कि एकलव्य कैसे उत्तराखंड और हिमालय के भ्रमण पर सालों तक रहा। पर उसने कभी उत्तराखंड देखा नहीं था। जीवन राम के प्रश्न जिज्ञासा से ज्यादा शंका पर आधारित था।

"हरिद्वार से आगे कैसे निकले। मतलब कितने दिन लगे, क्या क्या मिला। आपको तो याद होगा। सिद्धि पर आदमी जबरदस्त यादाश्त का मालिक होता है।"

"हाँ...........पूरा झुंड था।" दानिश घबरा गया। उसे याद आया कि दीदी ने कहा था- जब लगे फंस रहे हो तो मुझे बुलाना, खुद निकलने की कोशिश मत करना। उसने धीरे से कहा, "आप पानी लेंगे। प्रधान दीदी भी आने वाली हैं। उन्होंने मुझे बाहर बुलाया है। अगर बुरा ना मानें तो फिर कभी मुलाकात करें।"

जीवन राम मुस्कुरा कर खड़े हो गए, "आप तो उत्तर-प्रदेश भी पूरे घूमे हुए लगते हैं। उर्दू अच्छी है। मैंने भी सीखा था, कुछ महीनों, जब मैं छोटा था।"

सिहरन दूसरी बार दानिश को हिला गयी। वो भी पीछे-पीछे बाहर आ गया। जीवन राम अपने कुटिया की तरफ बढ़ गए, "आपको ही बुलाया है संस्कृति जी ने, मैं चलता हूँ। आज समय मिले तो आप हमारे कुटिया में भी आ सकते हैं, गोष्ठी करेंगे............या फिर यूँ समझिए महफिल जमाएँगे।"

"जरुर..............."

"अवश्य कोशिश करना।"

दानिश को लगा कि आसमान तेजी से नीचे गिर रहा हो। अवश्य की जगह जरुर बोलना भी पाप था। क्या पता, इसको क्या कुछ पता लग गया है। वो पीछे मुड़कर अपनी कुटिया में बैठ गया। अपनी सांस और धड़कनों को काबू करने की कोशिश करने लगा।

दानिश शाम ढलते ही मुनसफा की तरफ निकल पड़ा। सबसे छुपते-छुपाते और मन को समझाते हुए कि आज शायद कोई मिल जाए। शायद अब वहाँ लोग वापिस आ गए हों। मन में विचार आता कि एक बार अपने लोग मिल जाएं तो समस्या ही खत्म। ना कभी वापिस अहिल्या आश्रम की तरफ मुँह करना होगा, ना हि वहाँ के खतरनाक लोगों का डर होगा। दीदी को पता है ही तो यह धोखा भी नहीं कहा जाएगा। पर कुछ पलों के बाद डरावने ख्याल भी आते थे कि शायद आज भी कोई ना मिले। कि "शायद अब कभी भी कोई ना मिले। अब्बा कहते थे कि पूरा सिस्टम हम लोगों के खिलाफ है। कितने ही नौजवान पुलिस और सेना मार कर गुम कर देती है, हमें पता भी नहीं चलता है।" जब अब्बा मस्जिद में ऐसे जोशीले भाषण देते तब साथ बैठे बुजुर्ग सिर हिलाकर हामी भरते थे। मस्जिद में बैठकर दानिश हमेशा महसूस करता था कि जीवन में सुरक्षा बस अब्बा के नजदीक ही है वरना पूरी कायनात दुश्मन है। अब जब सिर्फ कायनात ही बची है और अब्बा का पता नहीं तो घबराना लाजमी था। विचार करवट बदलते रहे और वो पैदल, ट्रेक्टर, पैदल के चक्र से पार होता हुआ मुनसफा वाली गली में पहुँच गया। गली में आज पिछली बार जैसा अंधेरा नहीं था। कुछ मकानों में धुएँ दिखे तो उम्मीद जगी। पर वो भागता हुआ नजदीक पहुँचा तो अहसास हुआ कि आग ने कई घर लील लिए थे। वो धुआँ, जलती राख का था। उसके घर का एक हिस्सा, कादिर की दुकान, जोया खाला का घर, अहमद मीट-दुकान, सब आग से सुलग कर आधे जले, अपनी बर्बादी पर रो रहे थे। कदम इतने भारी हुए कि मानों जड़े निकल आई हो। बुझे दिल से दानिश वापिस मुड़ा तो मस्जिद पर नजर गई। उसके ऊपर भी एक भगवा झंडा किसी ने बांध दिया था। वो वहीं, गली में बैठ गया। मस्जिद पर लहराता झंडा मानो उसकी बची खुची आस, सम्मान और स्वाभिमान को

भी ले गया। "अल्लाह!" उसकी जुबान से शब्द निकला और तभी एक छोटा पत्थर, उड़ता हुआ, उसकी बगल में गिरा। नजर ऊपर की तो एक पत्थर और उड़ता हुआ झंडे पर टकराया। दानिश एक झटके में खड़ा हो गया। "कोई तो है", वो तेजी से, किनारे-किनारे मस्जिद के दूसरी तरफ गया तो वहाँ उसे पत्थर उठाकर झंडे पर निशाना लगाता एक आदमी दिख गया। गौर करने पर नाम भी याद आ गया "वसीम!" दानिश चीखा, वसीम के हाथ रुक गए। वो भी दानिश को पहचान गया। सुनसान जगह में दोस्त मिल जाए तो मानो मुराद पूरी हो जाए। वसीम ने दानिश को कस कर छाती से लगा लिया। आँसू बहे, धड़कन बढ़ी और कुछ देर बाद बातें बढ़ी। "दानिश तेरे अब्बा ठीक हैं बरेली में हैं।" यह सुनकर दानिश को बहुत आराम मिला। "पर उनकी एक टांग बेकार हो गई।"

"कैसे?"

"उस रात, जब वो आश्रम में गए थे तब किसी ने फरसा फेंक कर मारा था। दाहिनी टांग कंडम हो गई। दस दिन मीर साहब के अस्पताल में दाखिल थे। उनको तो लगा कि तू गया.......मारा गया। बस, उन्होंने सब छोड़ दिया। ना ज्यादा लोगों से मिलते हैं ना ज्यादा बोलते हैं। अब तो वो मस्जिद भी नहीं जाते।"

"और दादी?"

"जिंदा है। क्या बताएं भाई, उस रात जब आश्रम से किसी तरह भागे तो सुबह पुलिस आ गई। उन्होंने पूरा मोहल्ला खाली करवा लिया। कहते थे कि हिंदुओं को पता चल गया है कि हम लोग आश्रम गए थे। बस सबको जाना पड़ा। आधे बरेली निकल लिए, आधे दिल्ली। ना सामान उठा सके, ना बकरी। बस मुँह लेकर चल पड़े। बड़े बुरे दिन थे।"

"तो अब , तू अकेला............"

"अरे अकेला कहाँ? मेरे घरवाले और कासिम के घरवाले दोनो इकट्ठे आने लग रहे हैं। पर परसों आश्रम वालों ने घर फूँक दिया। और ऊपर अपना झंडा लटका दिया। मैं तो यही देखने आया था कि रुकें या घर जाएँ।"

दानिश ने फिर से सिर उठा कर मस्जिद की गुम्बद देखी, ऊपर झंडा फहर रहा था। अंधेरा था, हर रंग काला जैसा था, पर झंडा मानो चमक रहा हो कभी केसरिया। कौन हटाएगा? अल्लाह का शायद ध्यान नहीं और दानिश इतनी ताकत नहीं रखता था। वो और वसीम वही नीचे बैठ गए। बातें चली और आँसू भी। लगभग दो घंटे बाद दानिश वापिय लौट गया। उसके पास वसीम के साथ भागने का रास्ता था पर अब्बा के पैर से लेकर मुनसफा की सुलगती झोपड़ी तक यही कह रही थी, "हमारा इंतकाम कौन लेगा?"

दीवार कूद कर कुटिया की तरफ बढ़ा तो दरवाजे पर ही चहलकदमी करती संस्कृति मिल गई।

"कुछ हुआ?"

दानिश ने 'ना' में सिर हिला दिया।

"थक गए हो भाई?"

"नहीं" दानिश ने शब्दों को लम्बा खींचा, "जो किस्मत में बदा है, वो करना ही पड़ेगा दीदी।"

"मुझे बात भी करनी थी, अंदर आ जाओ।" संस्कृति ने दानिश को अपने कुटिया में बुला लिया। हल्की रोशनी और घना सन्नाटा, इस माहौल में तो साधारण बात भी रहस्य वाली हो जाए। दानिश अपने बदले और गुस्से से निकल कर डर और आशंका के क्षेत्र में घुस चुका था।

"कहीं, कोई और रिश्तेदार तो होगा? बरेली, गाजियाबाद, दिल्ली.........। जहाँ तुम जा सको। अगर कोई है तो चुपचाप, दबे पांव निकल जाओ। यहाँ मुझे भी लोगों पर आशंका होने लगी है। मैं तुम्हें भी दोष नहीं दे सकती, पर जन्म, भाषा, संस्कार से ही हम दोनो विपरीत हैं, सो पता चलने लगता है। अब तो मैंने यह भी बोल रखा था, संस्कार-ज्ञान के लिए। फिर कब तक झूठ की नाव पर नदी में घूमेंगे, वो गल जाएगी तब क्या?"

दानिश ने मन के सारे रास्ते सोचे। वसीम के घर जाएगा फिर अब्बा के पास। फिर अब्बा की टांग देखेगा और फिर क्या कहेगा? कि अहिल्या आश्रम की सेवा, खाना-पीना सब ले रहा था। क्या पता अब्बा क्या कहें? शायद कमर पर जोर लगाकर बैठें और दानिश को एक थप्पड़ मारें, "तुझमें मेरा खून नहीं, भाग जा।" या फिर वो

अहिल्या आश्रम को तबाह करके जाएगा और अब्बा के पैर के ठूंठ को छूकर कहेगा, "अब्बा एक पैर के बदले दस सिर काट आया।" अब्बा कमर पर जोर लगाकर बैठेंगे और कहेंगे, "शेर का जिगरा है मेरे बेटे का।" पर आश्रम में बर्बादी आएगी कैसे? आसान है। रात में आग लगा दे, सबके दरवाजे बाहर से बंद करके, या फिर खाने में जहर मिला दे। या तलवार लेकर रात में एक-एक कर झोपड़ी में जाए और गर्दन काट दे। अपने ख्यालों से दानिश संस्कृति के दुबारा बोलने पर बाहर आ गया।

"एकलव्य भाई, ध्यान किधर है?" संस्कृति ने अपनी कथनी जारी रखी, "देखो, तुम उस दल के साथ थे, जो अहिल्या आश्रम को शमशान बनाने आया था, जिसने कई लोग, बाबा के साथ, सबकी जान ली। यह बात दया और ज्ञान के प्याले से बाहर की है। परिवार पर आक्रमण तो हमारे पूर्वज ऋषि मुनि भी नहीं सह पा रहे थे। गाय भी और हाथी भी, अरे प्रकृति भी नहीं बर्दाश्त करती है। ऐसे में अगर तुम्हारा सत्य उजागर हो गया तो ऊपर वाला ही मालिक है। अब परिस्थिति पहले से बेहतर हैं, ऐसा ना हो कि तुम्हें ढूंढते हुए लोग यहाँ आ जाएं, या तुम अपने लोगों को ढूंढते हुए पकड़े जाओ। चुपचाप गायब हो जाओ तो कह दूंगी कि हिमालय कर तरफ निकल गए। बस गायब हो जाओ और आस पास नजर मत आना। दाढ़ी-मूँछ बढ़ाओ और घूमो फिरो।"

"दीदी" दानिश मानो अपनी बारी का ही इंतजार कर रहा था। "दीदी, अगर यह इतना कठिन है तो आपने मुझे क्यों बचाया? क्या आप बाबा से इतना लगाव नहीं रखते?"

संस्कृति ने आश्चर्य भाव से दानिश का देखा, लंबी सांस ली और बोली, "बाबा मेरे लिए सब कुछ थे। हमलोग सड़क पर पड़े होते अगर बाबा हमें ना अपनाते। वो मेरे लिए पिता से भी ज्यादा ओहदे वाले और भगवान के बराबर पूजणीय थे। अगर उस दिन

दंगाई मुझे कहते कि "तुम या बाबा" तो मैं बिना पल गवाए बाबा को बचा लेती। उनका मरना ऐसा लगा जैसे कि बच्चे को घर से निकाल दिया हो या फिर गोद से उतार दिया गया हो। सिर से साया हट जाना, मैंने उनके मरने पर महसूस किया। इसीलिए तुम्हारे सवाल का दूसरा हिस्सा सही नहीं था। रही बात तम्हें बचाने की, तो यह भी बाबा का ही सिखलाया ज्ञान है। तुम्हें, और हर किसी को यह ज्ञान समझना चाहिए।" संस्कृति बोलते हुए खड़ी हो गई। कमरे में चहलकदमी करते हुए यह बताना ठीक था क्योंकि बाबा ने भी उसे ऐसे ही, चलते -चलते क्षमा-ज्ञान का सार समझाया था।

"इस लड़ाई में, जिसमें मस्जिद गिरा, फिर हमारे लोग मरे........ तुम क्या चाहते हो?"

दानिश अपनी तरफ अचानक आए सवाल से सकते में आ गया। पर फिर संभल कर कहा, "जिन्होंने हमारी मस्जिद गिराई, उसे मौत मिलनी चाहिए।"

"ठीक है। शायद इसीलिए तुम लोग अहिल्या आश्रम आए थे। चलो, मान लिया कि पूरा आश्रम जिम्मेदार था, किसी ना किसी रुप में और तुमने मार भी दिया। आगे?"

"आगे क्या? बदला पूरा हो गया।"

"और मस्जिद?"

दानिश चुप रहा।

"अब कुछ देर के लिए तुम मान लो कि तुम बाबा के बेटे हो, या असली एकलव्य। तुम्हारे बाबा और उनके आश्रम कुछ लोग खत्म कर गए। क्या करोगे?"

दानिश चुप रहा।

"बदला, यहाँ भी तो होगा।"

"पर, मस्जिद गिराने पर शुरु हुआ ना?"

"राम मंदिर गिरा कर मस्जिद बनाना शुरुआत थी।"

दानिश फिर चुप हो गया।

"भाई, हर प्रतिक्रिया के तीन सिद्धांत हैं, जो बाबा बताते थे। पहला की क्रिया के असर को कम किया जाए। दूसरा कि प्रतिक्रिया सटीक हो मतलब, उसका असर आस-पास खड़े, पड़े, उन चीजों पर ना हो, जिनका प्राथमिक क्रिया से कोई लेना देना ना हो और तीसरा सबसे महत्वपूर्ण कि प्रतिक्रिया की प्रतिक्रिया पैदा ना हो। समझ आया?

दानिश ने नासमझी में गर्दन नीचे कर दी। एक तो शब्द कठिन, ऊपर से अर्थ मुश्किल।

"सुनो, उदाहरण शायद समझा पाए। एक गाँव था, जो जंगल से थोडे ही दूर पर था। एक दिन गाँव के एक पशुधन, गाय, को जंगल का एक बाघ मार गया। गाँव वालों ने सुबह देखा तो गाय की क्षत-विक्षत लाश पड़ी थी और शरीर पर हमले के निशान थे, मिट्टी पर बाघ के पंजे के निशान थे। पहले ऐसा कभी नहीं हुआ था। गाँव में सभा बुलाई गई। अब तुम बताओ, क्या करना चाहिए?"

दानिश अब तक थोड़ा सहज हो चुका था। उसने झण भर सोच कर कहा, "शाम में गायों को खुला मत छोड़ो। और हो सके तो उस बाघ को पकड़ो।"

संस्कृति हँसी, "सही है। लेकिन सभा ने फैसला किया कि जंगल में खतरा है। एक बार जानवरों को खून का स्वाद पता चल गया है तो वो बार-बार आएँगे। शाम, रात, फिर दिन, कब तक हम लोग अपने पशुधन को छिपा कर रखेंगे? फिर संकट पशु से

इंसानों पर भी आ सकता है ना? सभा ने फैसला लिया कि इसका बदला लिया जाएगा। इतना भयानक कि भविष्य में कोई जानवर भूले-भटके भी गाँव में ना आए। गाँव की टोली बनेगी और सारे बाघों व अन्य जंगली जीव जो खतरा हो सकते थे, सबको खत्म करेगी। तुम बताओ क्या सही सोचा उन लोगों ने?"

दानिश ने कुछ सोच कर कहा, "एक गाय की एक घटना के लिए इतना बड़ा फैसला ज्यादा है।"

"बिल्कुल सही। सिद्धांत नम्बर एक- क्रिया यानि बाघ का गाय को मारना और उचित प्रतिक्रिया- जो क्रिया को या तो ठीक कर सके या उसका असर कम कर सके। पूरे जंगल में हमला करने से गाय ना तो वापिस आएगी, ना खतरा कम होगा। पर गाँव वाले तो उन्माद में थे। वो सब समूह बनाकर जंगल में घुस गए। शाम तक ढूंढा, कोई बाघ नहीं मिला। दूसरे दिन भी बाघ नहीं मिला। सब काम-धंधा छोड़ कर वो लोग चार शामों तक भटकते रहे। क्रोध में वशीभूत सरपंच ने फिर सभा बुलायी। फैसला हुआ कि आग लगा दो। आग में घिर कर बाघ खुद ही सामने आ जाएंगे।"

"आग! जंगल फूंक देना तो सरासर गलत है। बाघ तो भाग जाएगा पर जंगल जल जाएगा।" इस बार दानिश ने बिना प्रश्न का इंतजार किए बिना ही उत्तर दे दिया।

"यही सिद्धांत नम्बर दो है। बिना मतलब के आस पास वाले जानवरों और पेड़ो को जलाना गलत है। खैर, जंगल जलने लगा तो जानवरों में डर हुआ। कुछ हाथी गाँव में घुस आए। साँपों ने गाँव में जगह बना ली। गलियों में रात में सियार और लकड़बग्घे घूमने लगे। शायद जंगल में भी सभा हुई हो। लोगों को बढ़ते जानवरों के हमले से बचने के लिए चौकीदारी करनी पड़ी और रात में आग जला कर रखना पड़ा। इंसान और जानवर की लड़ाई का सबसे प्रमुख नुकसान खेतों को हुआ। फसलें बर्बाद होने लगी।

जो गाँव सुख-शांति से जी रहा था, वो एक बेचैन जगह बन गया। कुछ युवा तो अपनी आर्थिक स्थिति सुधारने के लिए शहर की ओर चले गए। तुम्हें पता है, गाँव से युवाओं का जाना, इंजन से कोयला निकाल लेने जैसा है। तो बताओ अब क्या करें?"

दानिश चुपचाप इधर-उधर देखता रहा। संस्कृति के दुबारा पूछने पर बोला, "अब क्या होगा? अब तो हो गया जो होना था। गाँव की बर्बादी तो हो ही गई।"

"यही तीसरा सिद्धांत भी है। गाय का मारा जाना क्रिया है। गाँव वालों की प्रतिक्रिया गलत थी। उसने जंगल की प्रतिक्रिया को जन्म दिया। फिर उस गाँव की प्रतिक्रिया फिर हुई। तो अब यह चक्र बन गया। प्रतिक्रिया जरुर समापन तक जानी चाहिए। अब समझ आया कि बाबा को मारना गलत था पर अगर मैं तुम्हें माफ ना करूँ तो चक्र में फँस जाएंगे।"

दानिश ने मुस्कुराते हुए कहा, "पर यह आश्रम तो चक्र खत्म नहीं कर रहा है। पूरा गाँव जला दिया लोगों ने। आपने इन लोगों को ज्ञान नहीं दिया?"

"भाई, ज्ञान के भी दो जरुरी सिद्धांत हैं। पहला- ज्ञानार्जन की प्यास। आदमी को अपनी कमी और खालीपन पता होगा तभी तो वो कमी पूरी कर पाएगा। दूसरा दिमाग का खुलापन। तुम खाली गिलास को उल्टा झरने में पकड़ कर सालों खड़े रहो तो भी वह नहीं भरेगा। सीधा गिलास ही भर सकता है। यहाँ भी कुछ लोगों को अपना गिलास खाली ही नहीं लग रहा, तो कहाँ से ज्ञान लेंगे?"

"दीदी..........कुछ सिद्धांत मर्दानगी, जोश, हिम्मत और जिगर के भी होते होंगे। सारे सिद्धांत अलग दिशा के ही हैं? और आप ही मुझे कह रहे थे कि मैं कहीं चला जाऊँ। माफी, मदद इन सबका भी कोई सिद्धांत नहीं है?"

"सब लिखा है भाई। ना तुम पहले मनुष्य हो, ना वो मस्जिद पहला था और ना ही अहिल्या आश्रम पहला आश्रम है। हमारे ग्रंथो में सब संभावनाओं पर चर्चा है। सब पर ज्ञान है। इसीलिए बाबा कहते थे कि जीवन की सफलता खूब पढ़ने और खूब अमल करने पर निहित है। देखो, मैंने तुम पर ज्ञान बांट कर, अपना पढ़ने का कर्ज कम कर लिया।"

दोनो हँस पड़े। दानिश के मन का अवसाद कम हो गया था। उसे लगा कि कितना अच्छा हो कि दीदी की बातें सब तक पहुँचे। कैसा हो अगर अजान के बाद दीदी की बातें पूरे मुनसफा को सुनाई जाए। अब्बा को भी सिद्धांत बताए जाएं। केशव राम और जीवन राम को भी समझाया जाए। दानिश अपने कुटिया में आ गया और सो गया।

सुबह जब दानिश ही नींद खुली तो उजाला काफी हो चुका था। सुबह की प्रार्थना उसके बिना ही हो गई थी। वह तेजी से मंच की तरफ बढ़ा तो वहाँ संस्कृति बैठी थी। उसके आस पास चार लोग और थे, जीवन राम व केशव राम दोनो ही उपस्थित थे। केशवराम को देखते ही दानिश सिहर उठा। वो लोग कुछ जिरह कर रहे थे। दानिश के नजदीक आने पर अब शांत हो गए।

"चलिए, संस्कृति बेटा, परिवार में बड़ा होने के नाते मैंने आपको बता दिया है। फिर बात करते हैं।" जीवन राम ने एक नजर दानिश पर डालते हुए कहा। दानिश की औपचारिक नमस्ते का उत्तर दिए बिना ही सब चले गए, बस संस्कृति और दानिश बच गए।

माहौल की गर्माइश को महसूस करके दानिश समझ चुका था कि उस पर ही चर्चा हुई है। कुछ मिनटों तक चुपचाप बैठने के बाद उसने संस्कृति से पूछा-

"दीदी, क्या हुआ?"

"तुम सही सोच रहे हो, तुम्हारा ही जिक्र चल रहा था। चाचा लोगों का कहना है कि इतने सालों में कभी बाबा ने तुम्हारा जिक्र नहीं किया और अब तुम मेरे नजदीक हो, यह असहजता पैदा करता है। आश्रम को तुम्हारे बारे में पड़ताल करनी चाहिए।"

दानिश ने कुछ जवाब नहीं दिया।

"तुमने कुछ सोचा भाई? वक्त रहते निकल जाओ तो बेहतर है।"

कुछ मिनटों की और चुप्पी रही। फिर दानिश ने नजर उठाई। ऊपर आसमान साफ था। इधर-उधर छोटे, ना बरसने वाले बादल

के धब्बे थे। दूर तक नजर जा रही थी। कोई नहीं दिखा, ना कोई इशारा ही दिखा।

"दीदी। झूठ बोलना भी तो गलत है ना। आप मुझे बचाने के लिए झूठ क्यों बोलते हो? आपका पाप नहीं बढ़ता?"

"प्राण रक्षा और जीवन रक्षा में सच -झूठ दोनो ही उत्तम हैं। जहाँ परिणाम अपने लाभ या दूसरे की हानि से परे, कल्याणकारी हो, वहाँ झूठ भी पुण्य है भाई।"

"फिर भी। झूठ की कीमत ज्यादा होती है। अब्बा कहते थे कि झूठ बोलना बेकार है क्योंकि अल्लाह सच जानता है। छिपना बेकार है क्योंकि अल्लाह को सब दिखता है। वो कहते थे कि आदमी को लगता है कि वो छिप कर कुछ करेगा तो किसी को पता नहीं चलेगा, पर अल्लाह की आँखें हवा हैं। इसीलिए वो मत करो जो अल्लाह के आगे खड़े होकर बोल ना सको।"

दानिश रात भी ज्ञान और धर्म के सपने में रहा था। दीदी ने जो सिद्धांत बताए वो सपने में भेष बदल बदल कर आते रहे। कभी जन्म का सिद्धांत तो कभी झूठ का सिद्धांत। कभी दीदी बता रही थी तो कभी अब्बा तो कभी स्वामी जी। आज अलग ऊर्जा और जीजीविषा थी।

"झूठ की कीमत नहीं होती, वो कबाड़ भी है और अनमोल भी। कीमत तो ऐसी चीज की होती है जिसे तौला, देखा, परखा जा सके, जैसे कि सच! झूठ तो रुप बदल सकता है। हाँ इसकी एक नकारात्मक ऊर्जा होती है जो बोलने वाले, सुनने वाले, सब पर असर डालती है। फिर झूठ हमेशा तुलनात्मक और परिस्थितिजन्य होता है। अगर तुमने रस्सी देखी और साँप समझ बैठे। अब अगर तुम सबको सावधान करोगे कि यह साँप है तो? वैसे तो तुम झूठ बोल रहे हो, रस्सी को साँप बता रहे हो। मगर तुम्हारा इरादा तो

लोगो को बचाना है। ऐसे में झूठ तुम्हारे लिए झूठ नहीं है। लोगों के लिए है। इसीलिए झूठ की कोई सीमा, रुप, कुछ भी नहीं होता।"

कुछ मिनटों तक शांति रही। दानिश सोचने लगा कि एक दुनिया उसकी सोच की दुनिया से परे भी है। खाना, घूमना, पैसा, प्यार, साथ, बदला यह सब उसकी दुनिया में थे, पर ऊपर दूसरी दुनिया इस सब को झूठ और झूठ को समय के हिसाब से सच बता रही है। उसने सुना था, जब अब्बा अपने एक गैर मुस्लिम मित्र को कह रहे थे, "क़ुरान पढ़ने के लिए है, चेक करने के लिए नहीं।" सही ही था। धर्म तीसरी दुनिया का संदेश है शायद, हम पहली दुनिया में उसे जाँचना चाहेंगे तो अजीब लगेगा ही। चलो धर्म भ्रम ही हो, पर जैसे रस्सी को साँप समझ कर डरने वाले का डर तो नकली नहीं, उसी तरह श्रद्धा तो नकली नहीं।

"दीदी, अगर लोगों ने मुझे पकड़ लिया और उन्हें पता चल गया कि मैं एकलव्य नहीं, दानिश हूँ। और अगर यह पता चल गया कि आपने मुझे बचा रखा था, तो?"

संस्कृति हँस पड़ी। "हानि-लाभ, जीवन-मरण यश-अपयश विधि हाथ", फिर मुस्कुरा कर बोली, "तुम तो जान से जाओगे, मैं आश्रम से जाऊँगी मेरा तो कुछ था ही नहीं सो मुझे चिंता कम है। तुम्हारी जान कीमती है, इसीलिए कह रही हूँ, भाग लो।"

"अगर मैं भाग गया और फिर सबको पता चले कि आपने मेरी मदद की है, तो?"

"तो तुम बच जाओगे, मैं आश्रम से चली जाऊँगी। देख भाई, मुझे आश्रम छोड़ने में तनिक भी कष्ट नहीं है। जब बाबा थे तब मैं बाबा की और धर्म की साधना करती थी। अब धर्म आचरण और धर्म साधना छोड़कर आश्रम संयोजन और संचालन कर रही हूँ। इसमें वो मजा नहीं जो धर्म साधना में था। मैंने तब सारे वेद

पढे, गीता तो कई बार पढ़ी। रामायण मुझे लगभग याद ही है। पर अब, मैं किसको सुनाऊँ। लोग रामायण सुनने नहीं आते, समस्याएँ सुलझाने आते हैं।"

"तो आप क्यों नहीं निकल लेते?"

"हाँ, लोग भी चाहते थे। पर बाबा कहते थे, हल्के आओ, हल्के जाओ। कोई उधार नहीं, कोई वादा नहीं। यह पद मुझे बाबा के अहसानों के बदले की हुई कोशिश लगता है।"

"उधार का भी सिद्धांत होगा?" दानिश ने मुस्कुरा कर कहा।

"है ना।" संस्कृति भी मुस्कुरा उठी, "चार ऋण होते हैं जो आपको खींचते हैं, आपका पीछा करते हैं या मानो आत्मा पर होते हैं। वैसे तो और भी हैं, पर चार जरुरी हैं, जो बाबा बताते थे। पहला मातृ ऋण। माँ का ऋण सर्वोपरि है। पैदा करना और उससे भी ज्यादा गर्भ में रखना, पैदा होने के बाद दुलारना, दूध पिलाना, सब, यह जानते हुए कि बच्चा बड़ा होकर आजाद होगा। यह एक कृपा है। इसको चुकाने की भी उम्र है। अभी तुम्हें माँ की याद, माँ से मिलने वाले प्यार के लिए आएगी। पर चालीस साल के बाद आदमी को मातृ ऋण समझ आता है। बूढ़ी माँ की सेवा करो, उसे आदर और प्यार दो। और एक बच्चे को वो संस्कार, प्यार दो जो माँ ने तुझमें डाले, इससे ऋण चुक पाएगा। दूसरा ऋण है मातृ भाषा का। वो जुबान जो आपके हँसी, खेल, दुख, सुख सब में साथ थी। जैसे मेरी हिंदी है। हिंदी का मुझ पर ऋण है। इसने ना सिर्फ बोलने में, बल्कि सोचने और देखने में भी मेरी अंगुली थामी है। इसका ऋण भी उम्र के साथ समझ आता है। पचास की उम्र में आदमी समझना शुरु करता है कि अंग्रेजी या जो भी दूसरी भाषा हो, वो सिर्फ काम आती है, जबकि बचपन, परिवार, अंतरंग बातें सब हिन्दी से, या मातृ भाषा से जुड़ी है। अब इस ऋण का उपाय है कि मातृ भाषा की सेवा करो। उसे उपयोग करो, आदर दो, उसे, हो

सके तो, लिखो और संचय करो। तीसरा ऋण है मातृ भूमि का। इस पर हमारी भावना जागती है साठ की उम्र से। पूरी जवानी भारत को कोसते हुए लोग यूरोप में कमाते-खाते हैं। पूछने पर वहाँ की सामाजिक सुरक्षा का हवाला देते हैं, पर साठ के बाद मिट्टी खींचती है तो वापिस आना चाहते हैं। याद रखो, हम कहीं भी जिएँ, मरना तो अपनी जमीन पर ही है। यह ऋण है जो हमारे आकर मरने से नहीं चुकता। मातृभूमि की सेवा, उसका आदर ही तरीका है। जमीन के लिए लड़ना बेवकूफी है पर मातृभूमि के लिए मरना भी महानता है। मिट्टी की खुशबू को महसूस करना जरुरी है। चौथा ऋण तो अलग ही है, मातृ धर्म का। जिस धर्म में आप पैदा हुए, जिनके प्रचारकों और पूजनीयों की आपने कसमें खाई, वो एक आत्मा पर ऋण है। धर्म बदलना एक छलावा है। ना आप माँ बदल सकते हो ना मातृ भाषा, ना मातृभूमि और ना ही धर्म। धर्म ने आपको "क्या नहीं करना है, यह बताया है। उसने आपको बंदर से परे इंसान बनाया है। एक बना बनाया रास्ता, रौशनी और लाठी का सहारा, तीनो धर्म ही है। उसे हमसे कुछ नहीं चाहिए, बस श्रद्धा चाहिए। ईमानदारी चाहिए और समर्पण चाहिए। मातृ धर्म की समझ हमें सत्तर की उम्र में आती है। उससे पहले हम धर्म का उपयोग और प्रयोग करते हैं, पर सत्तर के बाद हमें फिर से रास्ता, रौशनी व टेकने की लाठी चाहिए होती है। इसका ऋण तो आत्मा चुकाती है, हल्की, बेदाग आत्मा होकर। इसीलिए हमें हल्का मरना चाहिए।"

ज्ञान की बरसात में तर होकर दानिश भावुक हो गया, "दीदी, आश्रम सबके लिए खुलना चाहिए। क्या हिंदू, क्या मुसलमान और क्या पारसी। सबको जानने का हक है।"

"जरुर। एक तुझे छिपाने में पद, नाम, जान सबका खतरा है, और मैं सबको बुला लूँ। "दीदी हँसी।

दानिश उठकर खड़ा हो गया। दिमाग में हलचल थी। डर नहीं था, बदले की आग भी नहीं थी। आँखों में भय या अब्बा की कटी टांग भी नहीं थी। शांति थी, वैसी शांति, जो श्रीराम के आने पर मूर्ति बनी अहिल्या को हुई होगी।

जीवन राम और केशवराम कुटिया के आगे बैठे आश्रम और आश्रम से चलाए जाने वाले विद्यालयों की बातें कर रहे थे। आश्रम के तेजहीन, दिशाहीन और धर्म हीन होने की चिंता प्रमुख विषय था। ना तो खून खौलता, ना ही चेहरा चमकता, ऐसे आश्रम को तो गुफा का नाम दे देना चाहिए - यही उनकी धारणा हो गई थी। सामने से दानिश उनकी ओर ही चला आ रहा था। दानिश भी उनकी चर्चा का विषय था। कोई अचानक आकर गोद पुत्र हो गया, कोई चुपचाप पड़े रहने वाली गोदपुत्री, आश्रम प्रमुख हो गयी, यह सब सरलता से पचने का विषय नहीं था। ऊपर से दानिश की भाषा भी आश्रम या शास्त्र अनुकूल नहीं थी। गीता, रामायण पता नहीं, संस्कृति के शब्द मुँह से निकलते नहीं और गली -मुहल्ले वाली हिंदी और उर्दू के शब्द भरे हुए! देशाटन से ज्ञान बढ़ता है, चमक बढ़ती है। जो एक साल भी देशाटन कर ले, वो दस साल जवान, ऊर्जावान और प्रतिभाशाली हो जाता है। अनुभव उसके बात, चाल, वेश-भूषा सब से झलकता है। दानिश के पास ऐसा कुछ भी नहीं था। था तो बस संस्कृति की स्वीकृति।

दानिश के निकट आने पर बात-चीत का दौर थम गया। केशवराम ने प्रश्नवाचक नजर से उसे देखकर बगल में रखे मूढ़े की तरफ बैठने का इशारा कर दिया।

"नमस्कार, मुझे कुछ बात करनी है।" दानिश पर बिना स्वागत बैठने का कोई असर नहीं था।

"बोलिए।" केशव राम बोले।

"मैं जानता हूँ आप लोग मेरे बारे में सही धारणा नहीं रखते पर मैं इसका बुरा नहीं मानता। मेरे मन में भी हर किसी के लिए अलग विचार आते हैं। मै...."

जीवन राम ने उसे बीच में टोका, "सुनो एकलव्य, धारणा बनाने के लिए पूरी जानकारी चाहिए, समय चाहिए और विषय की उपयुक्तता चाहिए। तुम से ज्यादा जरुरी मुसीबतें हमारे जीवन में बैठी हैं। हम लोग तुम्हारे ऊपर कोई धारणा बना कर नहीं बैठे।"

"सुन तो लीजिए।" दानिश ने फिर कहा, "मैं जानता हूँ कि सवाल हैं पर मैं उन्ही गैर-जरुरी, बेकार से सवालों को सुलझाने आया हूँ। यह सच है कि मैं कभी स्वामी जी से नहीं मिला। वो मुझे नहीं जानते थे।"

जीवन राम और केशव राम के चेहरे के भाव ऐसे बदल गए जैसे पतझड़ में सूरज की किरणें क्षण भर के लिए बादलों के पीछे जाए तो अंधेरा हो पर फिर अचानक दिन खिल जाए। कि जैसे गर्म तवे पर पानी की धार गिर जाए। जो चेहरा पहले हिकारत की भावना से हल्का स्याह था अब खून के तेज प्रवाह से लाल हो गया।

"स्वामी जी क्या, मैं संस्कृति दीदी को और इस आश्रम को भी पहले नहीं जानता था। मैं सीधे या टेढ़े तरीके से इन चीजों से नहीं जुड़ा हुआ हूँ।"

जीवन राम ने पूछा -"यहाँ आने की वजह?"

केशव राम चीखे, "तू है कौन? बहुरुपिए, यहाँ किसके कहने पर आया?

सरकारी आदमी है? नेता का आदमी है?"

इस चीख पुकार का दानिश पर कोई असर नहीं हुआ था पर आवाज संस्कृति तक पहुँच गई। वो मंच से अपनी कुटिया की तरफ जा रही थी। साथ चल रही महिला को उसने कहा, "पुलिस बुला ले, जल्दी।" और खुद दौड़ पड़ी। जब तक पहुँचती, दानिश की गर्दन केशवराम जी के हाथों में थी और वो जमीन पर गिरा था। संस्कृति

के नजदीक आने से केशवराम जी के हाथ की पकड़ ढीली तो हुई, पर दानिश वहीं पड़ा रहा।

"यह झूठा, बहुरुपिया है तुमको पता है? या तुम्हें भी छल रहा है?" संस्कृति ने केशवराम जी का हाथ उसके ऊपर से हटाते हुए कहा, "मुझे ज्ञात है चाचा। पर इसको यह भी पता है कि बाबा को किसने मारा। इसने अपनी आँखों से देखा है।"

केशव राम और जीवन राम सन्न रह गए। दोनो एक कदम पीछे हट गए तो संस्कृति ने दानिश को सहारा देकर उठाया और कुर्सी पर बिठा दिया।

"चाचा, बाबा की सौगंध, इसको पता है और मुझे आभास है कि इसे क्या पता है, पर मैंने पूछा ही नहीं। मैंने ना पूछा, ना इसने बताया। यह भी राज है।"

अब तक लोग जमा होने लगे थे। संस्कृति ने सबको आश्वस्त किया, "एकलव्य गिर गए थे, अब ठीक हैं। आप लोग आराम कीजिए शाम में सभा में मिलते हैं।"

जीवन राम वहीं जमीन पर बैठ गए और केशवराम जी को संस्कृति ने दूसरी कुर्सी पर बिठा दिया। खुद भी जमीन पर बैठ गई। दस मिनटों में भीड़ छँट गई तो वो फिर से बोली, "चाचा, पाप-पुण्य तो कर्म के पहलू हैं। मेरा तो चौतरफा नुकसान है ना। बाबा नहीं रहे, चाचा तो रहने चाहिए ना, भाई भी रहना चाहिए। अब अगर पाप पुण्य के आंकलन में पूरा परिवार चला जाए तो मैं क्या करूँगी? सच्चाई पर्दे में है पर मुझमें हिम्मत नहीं कि मैं पर्दा खींचूँ। मुझे लगता है, आप लोगों में भी नहीं होगी। हम आश्रम के वासी है, अहिल्या माता को पूजने वाले, प्रभु राम का इंतजार करने वाले, गौतम ऋषि को न्याय पराकाष्ठा पर नापने वाले नहीं।"

"अगर यह सच है तो तुमने इसे क्यों रखा है? राजदार को संभालने की वजह कहीं उचित मौके की प्रतीक्षा तो नहीं?"

"क्या मौका चाचा। ये प्रधान की कुर्सी -मेरे लिए बेकार है। धन मैं ना तो संचय करना चाहती हूँ, ना उपभोग। बाबा रहते तो मैं लड़ कर मना कर देती, पर अब उनकी आखिरी इच्छा का ऋण मान कर निभा रही हूँ। और इसको रखना या इसका राजदार होना भी सही आरोप नहीं। यह दानिश है, उस भीड़ से बिछड़ा हुआ बालक जो आश्रम में खून -खराबा कर गए। यह निर्दोष है मगर है तो उनमें से एक। कहाँ भेजूँ, किसे बताऊँ? प्राण गवाने का दुख हम लोगों ने झेला, अब एक और प्राण लेने का कलंक हमारे किस काम का चाचा? ये चला जाएगा जैसे ही इसके रिश्तेदार मिल जाएंगे। तब तक शरणागत है।"

कुछ मिनटों तक चारों चुपचाप बैठे रहे। फिर दानिश ने चुप्पी तोड़ी। "मैं सच बताना चाहता हूँ अपने बारे में। फिर चाहे मुझे मार-पीट कर भगा देना। पर हल्का मन रहेगा तो मैं जी पाऊँगा।"

"भाई, इतना सच बहुत है। तुम जाने की तैयारी करो।" संस्कृति ने खड़े होते हुए कहा, "चाचा, आज ही मैं अपनी कुर्सी भी छोड़ दूँगी, आप लोग संभालो। मैं तो बच्ची बनकर अपने चाचाओं की अंगुली पकड़ कर खुश हूँ, उनकी नजरों में प्यार कमतर हो, यह मुझे स्वीकार नहीं।"

दानिश और संस्कृति जाने के लिए मुड़े तो केशव राम जी बोले, "स्वामी जी के दोषी को...."

"चाचा" संस्कृति ने बात काटी, "मुझे गले लगा लो और सिर पर हाथ रख कर लाड़ कर दो, मुझे लगेगा कि बाबा मिल गए।"

“ज्ञान क्या है।”

“ज्ञान एक मन का खालीपन है। एक रिक्त जगह है जो हमें कहती है कि इसे भरना चाहिए। ज्ञान रिक्तता है, गुरुत्वाकर्षण हीनता का अहसास है। उसमें सबसे बुरा तब है जब आदमी इस अहसास से दोस्ती कर ले, समझौता कर ले। जब तक आदमी इस रिक्तता को भरने की जद्दो-जहद में व्यस्त है वो मानसिक रुप से जीवित है। ज्ञान एक खाली डायरी है, भरे हुए पृष्ठ तो अनुभव हैं। खालीपन है, जिज्ञासा है और लगन है, यही ज्ञान है।”

“धर्म क्या है?”

“धर्म हमारे जीवन का सफर है। कर्म उसका तरीका है। धर्म हमें जीवन चक्र को पूरा करवाता है, जन्म से अंगुली पकड़ कर मृत्यु तक टहलाता है, बहलाता हैं। हर दिन धर्म अर्जित होता है और जीवन को मृत्यु से दूर ले जाता है। धर्म भगवान से मोल भाव करता है और हम मृत्यु पर शरीर छोड़ते है पर निर्भीक आत्मा से।

“और सत्य ?”

“सत्य वह है जो मन तूफानों और लहरों से टकरा कर भी ना बदले। सत्य हर इंसान का अलग है। सत्य किसी घटना का सत्यापन मात्र नहीं, अपितु उस घटना पर आदमी का दृष्टिकोण भी है। श्री राम ने सीता मैया का त्याग कर दिया, यह घटना है। सत्य यह है कि श्रीराम ने अपनी सबसे कीमती , सबसे अंतरंग, जीवन संगिनी, जिसके लिए वो रावण से लड़ पड़े, उसे भी त्याग दिया। पर दूसरा सत्य यह भी है कि श्रीराम ने अबला, गर्भवती सीता माता को असहाय वन में बिना दोष के ही भेज दिया। आज के दिन तो यह अपराध है, सतयुग में यह त्याग था। सत्य मन के ऊपर आवरण है जो हमें देवत्व का अहसास देता है।”

"तो दीदी, अगर आपको तीनों में से एक को चुनना है, किसी विषम घड़ी में, तो क्या चुनोगे?"

"सत्य। देवत्व, गर्व, संतुष्टि के साथ हानि और मृत्यु भी ठीक है, पर झूठ के धब्बे के साथ तो कंचन भी बोझ है।"